じつは義妹《いもうと》でした。
3
～最近できた義理の弟の距離感がやたら近いわけ～
兄貴、そろそろ本気でやってみない？
温泉といえば、やっぱり……！

ねえ兄貴、僕ら、
恋人同士に見えるかな？
見えるだろうな
えっ!?
真嶋涼太
Majima Ryota
高校2年生。義理の妹、
晶を最初は
弟だと勘違いした結果、急接近！
初の家族旅行でも
気が休まることはなく!?

姫野晶
Himeno Akira
高校1年生。親の再婚でできた、
涼太の義理の妹。
涼太のことが好きで、
アプローチをしかける毎日。
旅行先でのアプローチは
さらに強力に!?

涼太先輩も
入ってたんですか？
上田ひなた
Ueda Hinata
晶の同級生な
高校1年生女子。
涼太の友人・光惺の妹。
彼女の想いの
向かう先は……!?
演劇部の合宿と鉢合わせ……!?

兄貴、見て！
ペンギンがいっぱい！可愛い〜〜！
水族館では、デート気分で。

ここだよ、兄貴。
僕とお父さんの思い出の場所

建前
え～？ 僕、兄貴と同じ部屋なの～……
本音
（……兄貴と同じ部屋だ～、えへへっ♪）

じつは義妹《いもうと》でした。3
～最近できた義理の弟の距離感がやたら近いわけ～

白井ムク

ファンタジア文庫

3210

口絵・本文イラスト　千種みのり

contents

プロローグ ―― 5

第1話「じつは湯けむり慕情事件簿① ～KNの悲劇～」 ―― 14

第2話「じつは湯けむり慕情事件簿② ～温泉宿にて～」 ―― 46

第3話「じつは湯けむり慕情事件簿③ ～結ばれた帯～」 ―― 73

第4話「じつは湯けむり慕情事件簿④ ～岩穴に響く声～」 ―― 104

第5話「じつは湯けむり慕情事件簿⑤ ～義兄のあやまち～」 ―― 127

第6話「じつは湯けむり慕情事件簿⑥ ～虎の尾を踏む～」 ―― 160

第7話「じつは湯けむり慕情事件簿⑦ ～アリバイ工作～」 ―― 189

第8話「じつは湯けむり慕情事件簿⑧ ～崖っぷち～」 ―― 215

第9話「じつは湯けむり慕情事件簿⑨ ～父親の背中～」 ―― 243

最終話「じつは……いや、最高の家族でした、ありがとう……」 ―― 271

あとがき ―― 308

プロローグ

十一月に入り、朝は寒くて布団《ふとん》から出るのも面倒だったはずのその日、

「うう……うぅ～……うん？　へ？　――ほあぁ――――っ⁉」

俺はスッキリではなくドッキリで目覚めた。

「晶《あきら》、なんで俺の布団で寝てるっ⁉」

合意した覚えはない。それなのに義妹《いもうと》の晶が俺の布団の中で小さく丸まっているのだから、それは驚くに決まっている。

「うぅん……兄貴ぃ……まだ眠いよぉ～……」

この寝起きドッキリを仕掛けた張本人は、寝ぼけ眼《まなこ》を擦《こす》りつつ、驚く俺の顔をじっと眺めたあと、何事もなかったかのように再び布団を被《かぶ》って眠り始め――

「――って、起きろ！」

「……な～に？」

「な～に？　じゃない！　俺の布団で寝てる理由はっ⁉　いつからここに⁉」

部屋が寒かったからか晶は蓑虫《みのむし》みたいに布団に包《くる》まった。

なんだか可愛《かわい》らしいが可愛いだけで誤魔化せる事態ではない。

目覚めのフライングボディプレスよりも、ある意味タチの悪いこの寝起きドッキリに、兄の心臓は今にも破裂しそうなのだ。

「えっと、朝兄貴を起こしに来ました」

「……はい、次は？」

「兄貴が気持ち良さそうに寝ていました」

「……そして？」

「兄貴の布団に入りました」

「……さらに？」

「僕も寝ました。――はい、おしまい」

「って、おーい、おいおいおーい！　一個も理由の説明になってないぞー？」

「朝からテンション高いね、兄貴」

「誰のせいだ、誰の！　晶、だいたいお前は――うおっ！」

いきなり俺の首に晶の腕が伸びてきて、ぐいっとそちらに引き寄せられた。

バランスを崩した俺が枕に頭を打ちつけると、すぐ目の前に晶の顔。

無言のまま、トロンとした目で俺を見つめてくる。

「な、なんだよ……?」

「いいからもうちょっと寝よ?」

「いや、待て、寝るって、今から、お前と⁉」

「そ。兄貴は僕の抱き枕だよ～」

「ちょっ、顔近いっ! もぞもぞするなっ! 朝だし起きないと! 寝ぼけるなっ!」

「枕が暴れちゃダ～メ」

予想以上に晶の力が強く、抵抗しようものなら余計に力が加えられる。

驚きの吸引力に俺はなす術《すべ》もなく抵抗をやめた——と言っても、決して諦めたわけではなく、晶が油断した隙に逃げるためであって、断じて、晶が温かくて、柔らかくて、甘くて落ち着く良い香りがするからではない。……本当。

「……晶さん、ちょっと訊《き》いてもよろしいですか?」

「はいどうぞ」

「なんで今朝はこんなに甘えん坊さんなんだ? 今まで勝手に俺の布団に入ってくることなかったよな?」

「なんでって、兄貴、今日がなんの日か知らないの?」

なんの日? なにかの記念日か? 俺が忘れているだけで、なにか特別な日?

「わからん、教えてくれ」

「今日は文化の日だよ」

ふむ。

…………。

…………で？

「そのことと俺の布団に潜り込んできたことはどう関係してるんだ？」

「妹が兄の布団に潜り込むのって、立派な日本の文化じゃないか」

「ああ、なるほどぉ！　──って、おい！　日本の文化をなんだと思ってやがる！」

「はいはい、いいからいいから～、一緒に寝る～」

俺は朝っぱらから目一杯頭を抱えた。

この義妹《いもうと》ときたら、自由と平和を愛し文化をすすめる日だというのに、自由すぎるし平和すぎるし可愛すぎる。

そんな文化をすすめていいのだろうか？　いや、よくない。

「兄の精神衛生上、こういうのはよろしくないなぁ」

「ちっちゃなことは気にしない」

「いやいやいやいや、けっこう大きなことだぞ、これ……」

晶はこれ以上話すつもりもないのか、さらにもぞもぞと布団に潜り込み、俺の胸に顔を擦《こす》りつけてくる。……そして二度寝。

なんて甘えん坊さんでお寝坊さんなのか。俺はさらに頭を抱えた。

──ところが、ちょうどそのとき誰かが階段を上がってくる音が聞こえた。

その足音は徐々に俺の部屋の前まで近づいてきて、ついに扉をノックした。

「涼太《りょうた》、起きてるか〜？」

空気を読まない、読めない、読むつもりがない人間はこの宇宙に存在する。例えば──

「寝てても入るぞ〜」

──真嶋太一《まじまたいち》とかいう、うちの親父《おやじ》とか……。

ヤバっ！　見つかったら！

次の瞬間、俺がとった行動は──

「ちょっと話したいことが……って、起きてるなら返事くらいしろよ？」

「あ、うん、すまんな、親父……」

俺は今、後ろに手をついて上体を起こし、布団の中で膝《ひざ》を曲げている格好。

親父からしたら、布団がテントのように盛り上がっているだけで、おそらくは自然に見えるはず。

だが、じつは布団の中では――晶の頭を俺の腹のあたりに押し込んで、身体《からだ》のほうは脚のあいだで挟んだ状態なのだ。

まあ、要するに、布団をめくられたら完全にアウトな状態だったのだが――

「ちょうど今起きようと思ったところで……」

「まあ、起きてるならちょうど良かった」

――なんとか親父の目は誤魔化せたようだ。

「それよりも喜べ！　ビッグニュースだぞ！」

義妹《いもうと》が兄の布団に潜り込んでいる以上のビッグニュースがあるのなら驚きもするだろうが、今は素直に驚く自信がない。

いちおう親孝行だと思って、驚いたフリくらいはしておくか。

「で、どうし――ひゃっ⁉」

「ん？　どうかしたか？」

「あ、いや、なんでもない――」

――こいつ、なんで俺の腹を撫《な》でてるんだ⁉

　思わず布団を睨《にら》みつけた。

　なんとか笑って誤魔化したが、くすぐったくて思わず変な声を上げてしまった。……これはあとで説教だな。

「そ、それで、ビッグニュースって？」

「ほら、お前の学校、勤労感謝の日のあたりに四連休があるだろ？　俺も美由貴《みゆき》さんもちょうど連休が取れたんだ！」

「へ、へぇ～……。それで？」

「というわけで、行くぞ！」

「行く？　どこに？」

「家族旅行だ、家族旅行！　二泊三日の温泉旅行だ！」

「温泉……家族旅行……？」

「いやぁ、楽しみだなぁ～！　というわけで今からリビング集合！　ついでに晶も起こしてきてくれ！」

　親父はそれだけ伝えると「ヒャッハー！」と叫びながら再び階段を駆け下りていった。

　そのあとすぐに階段からなにかが転げ落ちた音がして、

「キャア！　太一さん!?　大丈夫!?」

と、義母《はは》の美由貴さんの悲鳴が上がったが、俺はさらにさらに頭を抱えていた。
なぜなら――

「ふにゃ～……兄貴の腹筋カッチカチ～。……うへへへ～♪」

――この通りである……。

俺の腹筋の上で蕩《とろ》けた表情で寝ぼけているこの義妹。
そして割と残念な親父と、ちょっと天然な義母と、初の家族旅行、舞台は温泉か。
全ての因子が混ざり合ったら、なにか大事件が起こりそうな、そんな気がしてならない。

第1話「じつは湯けむり慕情事件簿①　～KNの悲劇～」

翌日の十一月四日木曜日。

「「行ってきまーす」」

俺と晶《あきら》はいつものように一緒に家を出た。

歩き始めてすぐに晶が俺の腕をとる。最近はだんだんこういうことに慣れてきたせいもあって気にならなくなっていたが、ご近所さんに見られたらと思うとヒヤヒヤする。

「兄貴と旅行♪　兄貴と温泉♪」

よっぽど家族旅行が待ち遠しいと見えて、晶はひたすら俺の腕をぶんぶんと振り回す。

遠足気分の小学生みたいだ。

晶は昨日からずっとこの調子である。とりあえず楽しそうでなによりだが、このテンションをあと二週間以上も維持できるものなのか——

「兄貴はなに着てく？　なに着てく？」

——まあ、できそうだな、晶の場合。

「もうすぐ冬だし、行き先が山の近くだからあったかいやつだな、やっぱ」

「じゃあ僕もそうしよ。えへへへ、楽しみ～♪　──あ、でもでも、下はなに穿《は》いていこっかな？　やっぱジーパンかな～──」

じつのところ、俺も楽しみだった。

親父が家族旅行で選んだ先は『藤見之崎温泉郷《ふじみのさきおんせんきょう》』という外湯巡《そとゆめぐ》りが人気の観光地。

浴衣《ゆかた》を着て下駄《げた》を鳴らしながら温泉街を歩き、七つの外湯を自由に巡ることができる。

文豪・富和田甚太《ふわたじんた》も愛したという昔ながらの趣を残した温泉街は、今でも映画やドラマのロケ地として使われ、外国人観光客にも人気が高い。

まったくもって俺好みな場所で、一度は行ってみたいと思っていた。

想像しただけで心が弾む。

でもまあ、俺が本当に楽しみなのは──

「──せっかくだしスカート……は寒いか。でもジーパンも……どうしよ、なに着よ～⁉」

弾むような笑顔の晶をこっそりと見た。

思わず笑みが溢《こぼ》れそうになるのを我慢して、俺は他のことを考えることにした。

そうそう、昨日晶は藤見之崎に実父の建《たける》さんと行ったことがあると話していた。

実際はどんなところなのだろうか。

「今度行くところ、晶は行ったことがあるって言ってたな？　いつぐらいだ？」

「えっと、六歳のときかな。小学校上がってすぐ」

「へ～、行ってみてどうだった？」

「それが観光って感じじゃなかったんだ。ほんとにお父さんのドラマのロケについて行っただけ。温泉旅館じゃなくてビジネスホテルだったなぁ」

——そういえば、晶は温泉に入ったことがないって、前に言ってたっけ……。

「それはもったいないな。温泉旅館に泊まれば良かったのに」

「まあ、予算の都合とか？　被害者役だったし、チョイ役だったからじゃないかな？」

「……えっと、建さん、犯人役じゃなかったんだな？」

こう、崖から落ちそうな人の手をグリグリと踏むような……。

あのいかつい見た目だし、先入観でそう思ってしまったことを少しだけ反省する。

「そのときがお父さんと外泊した最後の思い出」

「えっと、美由貴《みゆき》さんとは？」

「母さんの実家に泊まったことがあるくらい。——そういえばお父さんと母さんの三人で旅行したことない」

「そっか——」

雰囲気が暗くなりそうだったので、俺は慌てて笑顔をつくった。

「──じゃあ余計に楽しみだな。初めて温泉に入るのとか、建さんとの思い出の場所に行くのとか、家族旅行とか」

「う～ん、それもあるけど～……」

「ん？　ほかになにか楽しみなことがあるのか？　料理とか？　まあ、美味《うま》いもんがたくさんあるって話だし」

「料理も楽しみだけど、旅行ってどこに行くかじゃなくて、誰と行くかだと思うんだよね──」

そう言うと晶は俺の腕を強く引っぱって頬をくっつけた。

「──僕は、大好きな兄貴と旅行することがなにより楽しみなのです」

晶はそのあとなにも言わず、俺の腕にくっついたまま隣を歩き続けた。

歩きながら、どう返そうか悩んだものの、

「あの、晶、今日、暑くないか？」

ようやく絞り出した俺の声は、兄の威厳などないくらいに上擦《うわず》っていた。

「えっと、ちょっと歩きづらいんだけど？」

「…………」

「あの、聞いてるか、晶？」

「…………」

「あの、なんでもいいから、なんでもいいからさ……」

無言がなによりも辛《つら》い。

兄妹《きょうだい》らしからぬ良い雰囲気だから、余計に……。

「なんか、言ってくれよ……」

戸惑う俺の反応を見て、晶はふふっと楽しそうに微笑《ほほえ》んでいた。

＊　＊　＊

結城《ゆうき》学園前駅の改札を出たあと、俺たちは上田《うえだ》兄妹《きょうだい》と合流した。

さっそくうちの親父《おやじ》の持ち込んだ企画について話すと、妹のひなたは両手を合わせて溢《あふ》れるような笑顔を見せた。

「へ〜、いいなぁ〜！　家族で温泉旅行って素敵ですね！」

寒空の下だというのに朝から元気いっぱいなひなたは、見ているこちらまで元気にしてくれる。本当に良い子だ。

その隣で澄ました顔をしている兄の光惺《こうせい》は「ふーん」と言ったきり、特になんの反応も示さない。

基本的に、自分に関係ないことにはいっさい関心を示さないのが、この金髪イケメン野郎の特徴である。

とりあえず光惺は放っておくとして、上田家の家族旅行について訊《き》いてみたい。

「ひなたちゃんたちも毎年家族旅行に行ってるよね？　去年は沖縄だっけ？」

「はい！　とっても楽しかったです！　──あ、でも、行ったのが冬だったので海で泳げませんでした～……」

ひなたは残念そうに苦笑いを浮かべた。

──沖縄か。俺もいつかは行ってみたい。本場のラフテーとかソーキそばってどんな味がするんだろう？　せっかくだし歴史探訪みたいなこともしてみたいな。

「で、光惺はどうだった？　沖縄」

「ん？　まあ、べつにフツー」

……認める。

こいつに「フツー」に感想を訊いた俺がバカだった。

ひなたはため息をついて、光惺の制服の袖を引っ張る。

「そんなこと言って、一番はしゃいでたのお兄ちゃんでしょ？」

「おい、俺がいつはしゃいでた？」

「前の日から眠れない～とか言ってたよね？」

「あれは飛行機に乗るのが嫌で眠れなかっただけだ！」

「何回か乗ってるから平気でしょ？　まだ飛行機が怖いの？」

「あんな鉄の塊が空飛ぶんだぞ！　落ちたらどうすんだ⁉」

――おいおい、鉄の塊って……。

「つーか飛行機ん中ではしゃいでたのお前だろ！」

「だって空からの風景って見てて楽しいんだもん！」

「騒いだら飛行機落ちるだろ！」

「あれくらいじゃ落ちないよ！」

「はいはい二人とも、そこまで」

いつも通り止めに入ったが、とりあえず上田兄妹は相変わらずだった。

喧嘩《けんか》をするほど仲が良いと言うけれど、この二人の兄妹喧嘩《げんか》は犬も食わないな。

ひなたは「ゴホン」と一つ咳払《せきばら》いをして、またにっこりと笑顔を浮かべた。

「涼太《りょうた》先輩は毎年お父さんと二人旅でしたね？」

「まあ、家族旅行っていうより男旅って感じかな？　毎年温泉をぷらっと」

「いいですね、男旅。そういうの憧れちゃいます」

「むさ苦しいだけだって。でもまあ、今年は――」

ちらりと晶のほうを向くと目が合った。

無言のままじっと見つめ合う。目線がなかなか外れない。「なに？」「なんだよ？」と互いに視線をぶつけあっていると、なんだか照れ臭くなって俺たちはそっぽを向いた。

「こ、今年は家族旅行だから、楽しみというか！」

「そ、そうそう！　僕も家族旅行、楽しみだよ！」

晶の本心を聞いたあとなので、上田兄妹にはひどくわざとらしく聞こえたのかもしれない。

気づくと無表情な上田兄妹が俺たちを見ていて、まったく同時に口を開いた。

「「へぇ～～～……良かったなぁ（良かったですねぇ）」」

兄妹揃《そろ》ってなにか言いたいことがありそうだったが、やぶ蛇はつつかないに限る。

＊＊＊

それにしても、事件や事故はいつ何時《なんどき》起きるかわからない。

放課後、いつも通り演劇部の部室の扉を開けたのだが――


「ヒャッハ―――――！」


――俺は異様な光景を目の当《ま》たりにした。

いつもより騒がしいと思ったら、部室のど真ん中で、他の部員たちが生暖かく見守る中、我が演劇部の部長である西山和紗《にしやまかずさ》が一人飛び跳ねていたのである。

――えっと、デジャブだろうか？

昨日同じようなテンションをした人が、そのあと階段から転げ落ちていた気が……。

とりあえず、なんだか怖いので俺から西山には話しかけない。

その代わりに、西山を見て苦笑いを浮かべている副部長の伊藤天音《いとうあまね》に声をかけた。

「やあ、伊藤さん。さっそくなんだが、西山《あいつ》、どうしたの？」

「真嶋《まじま》先輩、こんにちは。――それが、職員会議で部の存続が正式に認められたんです」

「へ～、それは良かったじゃないか。で、あいつ一人ではしゃいでるの？」

「いえ、それだけじゃないんです――」

伊藤が「じつは」と言いかけたところで、ようやく西山が「あ、真嶋先輩じゃないですか！」と俺の存在に気づいた。

そうして俺に近寄るなり、俺の両腕を摑《つか》み、いきなりぶんぶんと上下に振りまくる。

「やりましたよ真嶋先輩！　ついにやりました！　やったんですよ、うちら！」

「痛い、関節、痛い、外れる、痛い、離せ、痛い……」

「聞きました⁉　聞いちゃいました⁉」

「えっと、たった今伊藤さんから部の存続の件は聞いたが――」

「じゃあもっと喜んでくださいよぉ～～～！」

「わかった、素直に喜びたいから離せ……」

すると西山は「あ、こりゃ失礼」と俺の腕を離し、次《つ》いでビジッと俺を指差してきた。

「そしてそして～、真嶋先輩にビッグニュ――ス！」

――なんか、その言葉も昨日聞いた気が……。

ちょうどそのとき、部室の扉が開いて晶とひなたが入ってきた。

「二人ともナイスタイミ～ング！」

二人とも目をパチクリさせていた。……まあ、そりゃそうだ。

「どうしたの、和紗ちゃん？」

ひなたが訊くと、よくぞ訊いてくれましたと言わんばかりの西山の顔。

晶が俺のほうを向いて、なにがあったの？　という表情をしたのも束《つか》の間《ま》、

「部として正式に存続が認められたので、みんなで合宿に行きます！」

と西山が声高らかに宣言した。

「え～っと、合宿ってあの合宿か？」

俺が恐る恐る訊《たず》ねると、西山は「そうです！　合宿です！」と俺をまた指差した。

「どこがいいかな～、海水浴はさすがに季節外れだし、スキーだったら東北地方ならもうやってるか～――」

興奮気味な西山に俺以下演劇部員たちはすっかり置いていかれている。

――いいな、一人で盛り上がれるって。ところで、合宿の内容はそれでいいのか？　普通は泊まりがけで稽古とかするんじゃないのか？

「西山、合宿に行くのはいいとしていつ行くんだ？　それと目的は？」

「合宿の目的のほうから話すと、部員同士の親睦《しんぼく》を深めるためですよ？　息の合った演技をするためにはお互いをよく知る必要があると思いませんか？」

──親睦を深めるため、ねぇ～……。

「海水浴とかスキーなら、べつに合宿じゃなくて旅行でいいだろ？」

「合宿ですよ！　演劇部で行くんですから！」

「……で、本当のところは？」

「『合宿』って名目なら、交通費として部費が使えるかもなので……エヘ♪」

──なんて小賢《こざか》しいんだ、こいつは……。

「フッ────に、ダメだろ！　生徒会に許可してもらえないって」

「そこのところは、ほら、生徒会からの信頼が厚い天音に交渉をお願いするというか～──」

西山が伊藤を見ると「え⁉　私っ⁉」と急に話を振られて目を白黒させた。

伊藤に不憫《ふびん》な立ち回りはさせられないな。

「部費の私的流用で演劇部がバッシングを受ける可能性があるからダメだ。旅費、交通費は自分たちで出す！」

俺がたしなめるように言うと、西山は「は～い」と面白くなさそうに返事をした。

まあ、西山の言う通り伊藤は交渉事に向いているとは思う。

伊藤は真面目《まじめ》だが柔軟性もあって、生徒会だけではなく先生たちからの信頼もあるし、うまく交渉してさらっと許可をもらってしまうだろう――が、あとあとやったことがバレたら怖い。

普通に考えて、部として活動を認められたのならこんなことでリスクを冒せない。――西山にはあとで噛《か》んで含むように言い聞かせよう。

「それで西山、合宿にはいつ行くつもりなんだ？」

「十一月二十日からの四連休です！　土日と結城《ゆうき》学園の創立記念日、勤労感謝の日の、四日間の休みがあるじゃないですか！　その日曜から月曜までの一泊二日で――」

その瞬間「あ……」と、俺と晶は顔を見合わせた。

「すまん、西山。その日は家族旅行があって……」

「僕ら、参加できないんだ。ごめん和紗ちゃん……」

俺たちが申し訳なさそうに伝えると、西山はひどく落胆していた。

すでにほかの部員たちの都合を聞いていたらしく、その日程しか都合が合わなかったそうだ。

ちなみにひなたは大丈夫とのことだったので、俺と晶だけが不参加となった。

「悪いな西山。せっかく企画してくれたのに」

「いえ、家族旅行ならそっちを優先してくださいね」

「僕らのことは気にせず楽しんできてね？」

「わかった。ありがとう晶ちゃん、真嶋先輩。――あ、でも、次は絶対に参加してくださいね！」

機会があれば、と伝えて合宿の話はそこで終わった――かに見えた。

「とりま、交通費の申請ができないか生徒会に訊《き》いてみようと思います！」

「……って、ちょっと待て。お前、さっきの俺の話を聞いてたか？」

「聞いてましたとも！　事後報告はダメでも先に訊いておくのは有りだと思います！」

「いや、しかしお前――」

「ってことで、天音！」

「へっ⁉　わ、私⁉」

伊藤はまたいきなり話を振られて目を白黒させていた。

「一人じゃ不安だからついてきて！　お願い！」

「それはいいけど、さっき先輩が言ったみたいにダメじゃないかな～？」

「やる前からダメって決めつけちゃダメ！　まだ陽は沈まぬ！　だよ！」

――おっと、メロスか？

しかしメロスが合宿の交通費のために走るなどケチ臭くて嫌だ。なにかもっと大きなもののために走れよ、と思ってしまう。

「じゃあみんな、私と天音は生徒会室に行ってくるのでしばらく発声練習しておいてね！」

威勢よく立ち上がった西山は、そのまま部室から元気よく飛び出そうとする。

「ちょっと待ってよ和紗ちゃん！」

「ついて来い！　フィロストラトス！」

「あ、和紗ちゃん！　そっちは危な――」

伊藤の忠告も聞かずにメロス西山は走り出した。

そうしてメロス西山はわけもわからない大きな力に引きずられて走り、太陽の十倍も早く走ろうとした結果――

「うぎゃあ――――っ⁉」

──断末魔の叫びとともに、ものすごい勢いで転倒する音が聞こえてきた……。

たぶん、頭が空っぽだったのだろう。部室に来る途中の廊下で『ワックス塗りたて』の張り紙が貼ってあったのを忘れてしまったくらいに。

「キャア！　和紗ちゃん⁉　大丈夫っ⁉」

やはり昨日も同じようなことが我が家であったような気が……。

とりあえず。

廊下は走るな、メロス。

＊＊＊

その日の帰り道。

「あ～あ、僕も合宿に行きたかったなぁ……」

晶とひなたと三人で帰っていると、不意に晶が呟《つぶや》いた。

「家族旅行も楽しみだけど、みんなとの合宿も……。ううぅ～、身体《からだ》が二つあったらいいのにぃ～」

悔しそうな晶を見て、俺とひなたは顔を見合わせて苦笑いを浮かべた。

「晶の気持ち、わかるよ。私も晶と涼太先輩と一緒に合宿行きたかったな～」

「まあ、西山も『今度は絶対みんなで行きましょ』って言ってたし、そのうちまた機会があるだろ？」

「それはそうなんだけど～……」

まだ不満そうな晶を尻目に、じつのところ俺はちょっとだけ安心していた。

男の部員は俺一人。

晶のおかげで女子に対する免疫はそこそこできてきたが、女子七人と一緒に一泊二日はちょっと、さすがに……。気が引けるというか、気まずいというか、やはり抵抗がある。

また合宿の機会があるというのなら、俺はどう断るべきか。

しかし、女子七人だけで合宿に行かせるというのも心配だ。顧問の石塚先生はバドミントン部との兼任で、演劇部《こちら》に対しては関心のない人だしな……。

それに、西山の暴走も正直気になる。

まあ、他の部員たちがしっかりしているからさすがに大丈夫な気もするが……。

こんな感じで、一人だけ男子部員で年上の俺としては、演劇とはべつのことで頭を悩ませている。

「どうしたの、兄貴？」

「なにか悩み事ですか、涼太先輩？」

気づくと晶とひなたが心配そうに俺を見ていた。

「いや、ちょっと心配事があって……」

晶は「心配事？」と訊いてきたので、俺は正直に、今の男一人、年上一人の演劇部の状況について悩んでいると話した。

「そっか……。涼太先輩は他に男子がいないのを気にしていたんですね？」

「てっきり女子の中に男子一人で喜んでるのかと思った」

「ありがとうひなたちゃん。……晶、お前は帰ったら説教だ」

せめてあと一人男子がいてくれたらと思うが、この時期に入部してくれそうな新入部員は期待できない。

「そうだ、お兄ちゃんは――ダメですね……」

「ダメだな、光惺は……」

俺とひなたは同時にため息をついた。

光惺はバイトもあるし、一年のときに「部活なんてダルい」と言っていたので今さら入部するつもりなんてないだろう。

そもそもあいつには「演劇」「芝居」というワードがNG。

光惺は小学四年生のとき、突然ドラマの子役を辞めてしまった過去がある。

テレビで引っ張りダコだった天才子役「上田光惺」。——今ではすっかり過去の人になってしまったが、あいつが芝居を辞めたのには、それなりの理由というものがあるらしい。

俺が光惺から一度聞いたのは、なにか「嫌な思い出がある」ということだけ……。

建前上「中学受験をするため」となっているが、けっきょく本当の理由については、俺もひなたも、ひなたたちの両親さえ知らないあいつだけの秘密になっている。

だから、この前の花音祭《かのんさい》での一時復帰は異例中の異例だった。

俺たちが公演した『ロミオとジュリエット』の最後、俺とひなたのキスシーン——俺が不甲斐《ふがい》ないばっかりに劇を止めてしまったから、光惺もひなたを助けに行くよりほかはなかったのだろう。

そのときの光惺は、いつもの気怠《けだる》そうな表情ではなく、引き締まった真剣な顔で、

『そいつは俺の女だっ！』

と言い放った。

舞台に飛び出たあいつは、イケメンだけにしか許されていないようなキザなセリフを次々に繰り出すと、これまたキザにひなたをお姫様抱っこでステージから攫《さら》っていった。

ただ一つ、去り際にあいつが言った言葉が、俺にはどうしても引っかかっていた。

『二人とも自分のもんにできると思うなよ？　じゃあな——』

二人とも俺のものに？　晶とひなたを？

俺をどこのモテキャラと勘違いしているのだろうか。

そんなこと、俺ができるはずがないことを、中学から付き合いのあるあいつだってわかっているはず。

それなのに、どうして光惺はそんなことを言ったのだろうか。

気になってあとで光惺に訊いてみたが「自分で考えろ」と言われた。

まったく、人にそこまで言ったのなら大事な部分を丸投げするのは勘弁してほしい。いくら雑な振りが得意技でも、大事なことなら、特に——

「兄貴、どうしたの？」

「また考え事ですか、先輩？」

俺は「なんでもない」と言って笑顔をつくった。

「それより、光惺は最近また忙しそうだね？」

「はい。中間テストが終わってからずっとバイトに行ってますよ」

俺が部活を始めたこともあって、光惺とはしばらく一緒に帰っていない。

土日もバイトで忙しいとかで、朝の通学と学校で過ごすほかは、あいつと話す機会もめっきり減ってしまっていた。

「そういえば上田先輩ってなんのバイトしてるの？」

晶がひなたに訊いた。

「配送工場の仕分け作業だよ」

「え、意外！　てっきりカラオケとか飲食系だと思ってた」

「そっちのほうが時給がいいんだって。あと接客が嫌いだって言ってたよ」

それは俺も光惺から聞いていた。だが――

「でも、そんなにお金を貯《た》めてどうしたいんだろ？」

――俺はひなたの言葉に「え？」と戸惑ってしまった。

「お金を貯めてる？　光惺が？」

「はい。お兄ちゃん、ずっと使わずに貯めてるみたいですよ？」

――おかしい。

俺には、服とかアクセサリーに金がかかっていつも金欠だと言っていたのに……。

どうして俺に嘘《うそ》をつく必要があるんだ？　あるいは、ひなたに嘘をついている？

ただまあ、ひなたが心配するかもしれないから、今はこの件を黙っておくべきか。

「そっか。あいつ、やっぱ真面目《まじめ》なんだな。たぶん将来のために貯めてるんだろうな。俺も見習わないと……」

「そのぶん勉強に支障が出てると思うんですけど。はぁ～～～……」

ひなたがひときわ大きなため息をついたので、俺と晶は苦笑いを浮かべた。

＊　＊　＊

その晩、俺と晶は最近入手したばかりの『エンド・オブ・ザ・サムライ3』（初回限定版・中沢琴《なかざわこと》フィギュア付）をプレーしていた。

晶の操作しているのはお決まりの中沢琴。エンサム3でも健在だ。

俺のほうはというとエンサム3の隠しキャラ『暴走慶喜《よしのぶ》』。

なぜ『暴走』とついているのか？

晶が持っている『エンサム3設定資料集・地の書』によると――

――徳川家は代々、天下統一を果たせなかった第六天魔王・織田信長《おだのぶなが》の祟《たた》りに悩まされていた。

しかし、慶喜がその祟りを自分の代で終わらせようと決意。

徳川第十五代将軍に就任後、自ら信長《のぶなが》の亡霊を喚《よ》び出して果敢に戦う。

しかし、「二心殿《にしんどの》」と揶揄《やゆ》されたその優柔不断さにつけ込まれて、信長の亡霊に取り憑《つ》かれ、心を惑わされてしまう。

義心と悪心の狭間《はざま》で理性を失い、暴走状態に陥った慶喜は、家臣たちの反対を押し切って大政奉還を受け入れ、その後将軍の地位を捨てて夜の闇に消えた――とのこと。

……まあ、なんで徳川家が信長に祟られないといけないの？　と、いろいろツッコミどころはあるが――幕末頃の慶喜はいろいろと大変なのである。

とりあえずゲーム上は、パワーとスピードはもちろんのこと、通常のコマンド入力で発生する技の威力も反則級に増している。

そのため、通信対戦プレーで使うと、対戦相手から確実にひんしゅくを買う反則キャラとなっていた。

ならば、どうして俺が暴走慶喜を使っているのか？

そんなこと、決まっている。――俺が弱いからだ！

「なあ晶――オラッ！」

「なに？――せいっ！」

「俺がバイト――ちょっ、おまっ！――し、したいって言ったら？」

「ダメ！」

「ああっ⁉――なんで？」

「なんでって――せいっ！」

その瞬間、近距離立ち強パンチから――まあ、そのあとなんやかんや技が繋《つな》がってコンボ、最後に中沢琴の超必殺技『弐式《にしき》・百花繚乱《ひゃっかりょうらん》』が発動。

『――戦《いくさ》の最中《さなか》に鼻の下を伸ばすとは、愚かな……』

中沢琴のカットイン後、画面全体に花吹雪が舞い、「九十九斬」というわけのわからないヒット数が表示され、画面中央にでかでかと「一本」の二文字。……慶喜、すまん。

「くそ～……暴走慶喜でもダメか……」

「まあ僕もダメージ食らったし――ってそうじゃなくて！」

晶は俺の肩を掴《つか》んだ。

「兄貴がバイトなんてダメ！　絶対！　禁止！」

「な、なんでだよ？　そこまで言う必要ないだろ？」

晶はむうっとした表情になった。

「兄貴がバイトを始めたら、今までみたいに僕に構ってくれなくなるじゃないか！」

「えーっと、構うよ、たぶん……」

「い～や、絶対に『今日は疲れてるから』とか言って、僕に背中を向けて寝るんだろ！」

「……待て。どこの夫婦の話だ、それは？」

できればうちの両親でないことを祈りたいが……。

「だいいち、俺と普通に寝てる前提になってるだろ、それ。――というか、朝俺の布団《ふとん》に潜り込むのは禁止だ」

「断る！」

「断るな！　受け入れろ！」

呆《あき》れながら言うと、晶はまたむうっと頬を膨らませた――かと思いきや、今度は段ボールに入れられた捨て猫のような目で俺のことをウルウルと見つめてくる。

……まったくこの義妹《いもうと》ときたら――

「──そんな目をしてもダメだ。あと、バイト始めても構うって。構う構う。そもそも短期バイトで二日か三日くらいだ」

「というか、どうして兄貴はそこまでバイトしたいの？」

実際、我が家の財政状況は両親が再婚したことによって以前よりも上向きになっているらしい。

美由貴さんは、俺も晶も手がかからないので、安心して働けているそうだ。

映画美術の会社で中堅にいる親父《おやじ》の収入もそれなりに良い。曰《いわ》く、「金のことはなんとかするから心配するな」とのこと。

欲しいものがあればそれなりに買ってもらえるし、小遣いもそれなりにもらっているので、俺も晶もこうして呑気《のんき》に暮らせている──とまあ、こんな感じで、俺がバイトをする必要はないと言えばない。

「兄貴も上田先輩みたいにお金を貯めたいの？」

「いや、ちょっと欲しいものがあってな」

「なに、欲しいものって？」

俺は鼻を掻《か》いた。口に出すのは恥ずかしかったのだが、

「ほら、勤労感謝の日があるだろ？　──まあ、今まで親父にはなにもしてこなかったし

さ、今は美由貴さんもいることだから、二人になにかプレゼントを渡したくて……」

俺がそう言うと、晶は目をまん丸くさせた。

「兄貴、すごい、かっこいい……」

「いや、まあ、ちょっと、かっこつけてみた……」

晶に褒められるとなんだか余計に照れ臭い。すると晶もなにか思うところがあったようで、

「じゃあ僕もバイトしてみようかな……？」

と口にした。

「お、晶もやってみるか？」

「うん、やってみたい！」

そんな話をしていると、エンサム３のほうは二戦目の制限時間が過ぎて、三戦目に突入しようとしていた。

二戦目は引き分けというよりノーカン。――三戦目、俺と晶は再び画面に集中した。

「つーわけで――オラッ！　――バイトするぞ！」

「うん！　あ、でも、兄貴と一緒のとこがいい！」

「それなら――あ、くそっ！　――良いところがあるぞ！」

「どこ？」

「去年お世話になった——これでどうだっ！」

「やるね、兄貴！」

「だろ？　暴走慶喜の性能を——甘く見るなっ！」

コマンド入力が成功し、暴走慶喜のカットイン——

『——魂ヲ寄越セェ————————！』

——とても将軍様の発言とは思えないが、超必殺技『ロイヤル・キャメラ・フラッシュ・暴』が発動。

カメラを持ち出して相手のヒットポイントをズズッと奪って我がものにし、しかもガード不能というなかなかエグい技だ——が、しまった……。

この当時のカメラは写真が撮れるまでに時間が……そこはリアリティを追求する必要はないと思うのだが、けっきょく発動までに若干のタイムラグがある。

この最大の隙を晶が逃すわけもない。

「せーい！」

と簡単に懐《ふところ》に潜り込まれ、近距離立ち強パンチからなんやかんやのコンボ――そして再び『弐式・百花繚乱』が見事に決まってしまった。

『――自分より弱い者のところには嫁には行かぬ。欲しくば、打ち負かせ』

中沢琴のお決まりの挑発的な勝利セリフ――ところで琴キュンよ、エンサム2より肌の露出が多くなっておりませぬか？

「えへへへ、またまた僕の勝ち～♪　琴キュン最強～♪」

「チクショウ……また負けたぁ～……」

話しながらでもこの晶の余裕ぶり。……やっぱ、勝てないな、こいつには。

「でもダメージ食らっちゃったし、もっかいやろ！　――あと、暴走慶喜の超必殺技は『ジ・エンド・オブ・バクマツ・喰』のほうがいいよ？」

「いや、真面目にバイトの話をしようぜ……」

そのあと俺たちはバイトについて話した。

俺が「良いところがある」と言ったのは、親父の知り合いが勤めている製作所。

今年の春、親父の紹介で働かせてもらった経験があり、またいつでも連絡してくれと言われていた。

内容は単純な梱包《こんぽう》作業で、特別なスキルは要らない。日当でバイト代をもらえるし一日だけでもいい。

なによりも、働いている人たちがみんな親切で、俺も慣れない仕事を丁寧に教えてもらった記憶があった。

まだ人見知りが残っている晶には接客業よりも向いているかもしれない。

ただ、ちょっとだけ晶が笑顔で接客をしている姿も見てみたいと思ってしまった。

ファミレスとかコンビニ、メイド喫茶は——いやいやいやいや、赤の他人に晶のあの格好を見せるわけにはいかない。……兄として。

「じゃあ俺から連絡しておくよ」

「初バイトか～。考えただけで緊張する～」

「ま、晶なら大丈夫だと思う」

「兄貴も一緒だから平気だね♪」

「いや、まあ、そう思ってくれるなら嬉《うれ》しいが……」

晶はにっこりと笑顔を浮かべ、

「よろしくお願いします、涼太先輩♪」

と抱きついてきた。

「え～っと晶、それ、ひなたちゃんの真似《まね》か？　ひなたちゃんはいきなり抱きついてきたりしないぞ～、おーい、聞いてるか～？　おーい――」

ところで、晶のお兄ちゃん離れはいつやってくるのだろうか？

このまま社会人になっても、なんだか俺たちはこのままでいそうな気がする。

まあ、それはそれで良いのかもしれないなぁと思う、今日この頃なのである。

11 NOVEMBER

11月4日（木）

昨日からワクワクドキドキが止まらない！

なんと家族旅行に行くことになっちゃった！

場所は藤見之崎温泉で、じつはお父さんと一緒に行ったことがある場所。

ここは私にとって大事な場所がすぐ近くにあって、

そんなところに兄貴と行けるなんて、ほんとうれしい～！　やっぱ運命なのかな？

今からなにを着て行くか迷う！　やっぱスカートだよね、こういうとき。

でも、ちょっと季節的に寒いかもで、まだ悩み中。

そうそう、一つ残念なお知らせが……。

演劇部の合宿の日とかぶっちゃって、そっちには行けない～……。

また機会があったら行きたいけど、兄貴は女の子だらけで行くのは嫌みたい。

たしかに！

もし私が男の子だらけの中で合宿に行くと考えたら、たしかに嫌かも……。

でも、兄貴と一緒に、みんなと合宿に行きたい気もするし……。

とりあえず兄貴のためにも男子部員が増えたらいいな～。

それと一つ「兄貴カッコイイ伝説」が増えた！

勤労感謝の日に母さんと太一さんにプレゼントを渡すって良い人すぎない？

わざわざバイトして自分で働いたお金でプレゼントするとか！

ほんと兄貴にキュンってしちゃった！

こんな感じで家族を大事にする兄貴だけど、

私と結婚してもそうしてくれるのかな～……。

ダメだ、妄想しちゃってニヤニヤが止まらない……。

兄貴が大好きすぎてヤバい！

この気持ちをカタチにするために、明日も兄貴の布団に入っちゃいます！

第2話「じつは湯けむり慕情事件簿②　～温泉宿にて～」

十一月二十一日日曜日。

家族旅行初日の朝を迎え、俺たち真嶋《まじま》家一同は珍しく四人で家を出た。

親父と美由貴《みゆき》さんが仲良く腕を組んで歩く後ろを俺と晶《あきら》がついていくかたちで駅へと向かう。

正直、俺は、だいぶ緊張していた。

というのも、今日の晶の格好がよく似合っているから。

初めて見る姿なのだが、頭にはベレー帽、暖かそうなかぎ編みのニットカーディガン、膝上くらいのスカートを穿《は》き、普段は履かないような可愛《かわい》らしい靴や、絶対につけないような小物まで身につけている。

頭のてっぺんから足の爪先まで合わせると……驚くほどセンスが良い。

よく似合っている——というより、似合いすぎていて、こんな格好で隣を歩かれたら、思わずこっちが緊張してしまう。

ちなみに、この日のためにわざわざ買いに行ったらしい。

――そういえば、こういう余所行《よそゆ》きの格好の晶と出かけるのって、夏休みにカフェに行ったとき以来だな……。

さすがに制服姿は見慣れたものの、私服は私服で慣れが必要のようだ。

可愛さに慣れるというのも変な表現だが、今はどこを見ていいのかさえわからない。

普段からこういう格好をしてくれていたらいいのにと思う反面、やはり普段通りの晶のほうが緊張せずに済むとも思う。

もっとも、どちらも良いと思ってしまうあたり、俺は相当欲張りな気もする。

そんなことを考えていた俺に、晶がこそっと話しかけてきた。

「……僕らも腕組んじゃおっか？」

などと言いながらも腕を組んでくる晶に俺は戸惑ってしまう。

「っ……!? よせって、親父たちがいるんだぞ？」

「べつに兄妹《きょうだい》だし良くない？」

「仲良しでも年頃の兄妹は……腕、組むのか？」

俺の頭の中には兄妹の、それも義理の兄妹のデータがあるわけではないのでわからない

――が、やっぱり照れ臭い。

「どうして腕を組みたがるんだよ？」

「だって母さんたち、ズルくない？」

「ズルくない。夫婦なんだから腕組むくらい……」

「子供にイチャイチャを見せびらかすとか、恥ずかしくないのかな？」

「恥ずかしくない。夫婦なんだから――あ、ほら、駅が見えてきたぞ？　ほら、離せ」

「じゃあ、あと十歩だけこうして？」

「……じゃあ、あと十歩だけだぞ？　一、二……――九、十、はい十歩。ほら、離せ」

「やっぱやーだ」

「話が違うだろっ!?」

そんな兄妹の密《ひそ》かなやりとりも、幸せな夫婦には届いていないと見えて、旅路は順調にいっていた。

＊　＊　＊

在来線から新幹線に乗り換えた。

自由席の車両に乗ると、親父《おやじ》たちは三列シート、通路を挟んで俺と晶は二列シートに座った。

俺と晶は乗ってしばらくは学校のことやゲームのことを話していた。そのうちスマホに入っている思い出の写真をお互いに見せ合うことになったのだが――

「あ、これはゲームでハイスコアだったときのスクショ。懐《なつ》かしいなぁ～」

「こっちのは……？」

「RPGのステータス画面。――そうそう、これ見て！　限定ガチャで引いたやつ！」

「えっと、こっちは？」

「琴キュンの写真！　いい感じで撮れてない⁉　可愛いぃ～、えへへへ～♪」

晶はソシャゲのスコア画面やらカンストしたステータス画面などをひたすらスクショしていた。中沢琴フィギュアについては愛すら感じられる。

――しかし、もっと、こう、なんかないか……？　ひなたや演劇部のみんなと撮ったものとか……。

「晶、もっと、こう、可愛いのとかないのか？」

「可愛いの？　琴キュン見せたじゃん？」

「いや、それ以外になにか」

「じゃあ僕のとっておき――はい」

スマホのディスプレイを見て俺はギョッとした。

「晶、これ俺の写真じゃねぇか！」

しかも寝ている格好の俺。

――寝相悪っ⁉　これどうなってんだ？

「タイトルは『白鳥の湖』だよ」

なるほど、よくよく見るとプリマ・バレリーナが舞台の上を軽快に跳ね回っている瞬間のよう――

「――ってそうじゃなく！　撮るな！」

「兄貴を起こしに行ったら、奇跡的にこんなのが撮れちゃいました♪」

「撮れちゃいました♪　じゃないぞ、まったく……」

消すように言ったが「絶対に嫌」の一点張りだったので、誰にも見せないという条件付きで写真の所持を許可しておいた。

ところで俺はバレリーナのときどんな夢を見ていたのだろうか……。

「次は兄貴の写真見せて」

俺のスマホを渡して晶に写真を見せてみた。ほとんど歴史的な建造物。神社仏閣や、それらを入れた風景写真だ。いちおう一枚一枚なんの写真なのかを解説していったが、

「お、面白いんじゃないかな？　たぶん、見る人が見れば、ほんと……」

「……なにか言いたいことがあるんだろ？　聞くぞ？」

「えっと、オジさんみたい……」

「あのな、人のこと言えないからな、お前……」

偏見は良くないが、晶は保存している写真をよく見て、自らを顧みてはどうかと思う。

ふと、晶がそうして写真を眺めていたのだが――

「あれ？　兄貴、この写真、なに？　作文？」

「作文？　――あぁっ⁉　それは、ダメだっ！」

――俺は慌てて晶からスマホを奪い返した。

「えー⁉　なになに、その作文⁉」

「これは、俺の……まあ、小学生のときの作文だ……」

「べつに良くない？　それくらい見せてくれたって――」

「い～や良くない！　読まれたら小っ恥《こぱ》ずかしいんだよ……。字は汚いし、文章も下手だし、内容も滅茶苦茶《めちゃくちゃ》だしな……」

危うくそんな小っ恥ずかしい作文を晶に読まれるところだった。

これはまだ晶と美由貴さんがうちに来る前、ひなたと光惺《こうせい》と一緒に晶の部屋を片付けていたときに発見したもの。

しまったまま、しばらくその存在を忘れていたのだが、今回たまたま見つけた際に写真を撮っておいたのだ。

たとえ小っ恥ずかしいものでも、俺にとっては大事な作文だから。

いちおう原本は、俺の部屋の押し入れに、ダンボールに入れてしまってある。

「ふ〜ん。読まれたら恥ずかしいものか〜……」

「なんだ？　晶もそんなのあるのか？」

「っ……⁉　ないよ、ないない！　僕は昔からそういう証拠は残さないから！」

「なんか、悪いことしているやつの言い方だぞ、それ……」

……まあいい。

とりあえず、晶に読まれなくて良かった。

安堵《あんど》しながらなんとなく親父たちのほうを見た。普段の仕事疲れもあってか、夫婦揃《そろ》ってすっかり眠りについてしまっている。

「それにしても喜んでもらえて良かったな」

「そうだね」

親父たちを見ながら、俺と晶は顔を見合わせてくすりと笑った。

今、二人の首にはマフラーが巻かれている。それは俺と晶がバイトをして買ったもの。

一足早い勤労感謝の日のプレゼントだった。

昨日、俺から美由貴さんに、晶から親父に渡した。二人とも目を潤ませて喜んでくれた。親父について言えば、晶からのプレゼントということもあって、美由貴さんよりも先に泣いていたな。

とりあえず喜んでもらえてなにより。仲良さそうに夫婦でマフラーを巻いている姿を見て、バイトをして良かったと思った。

ふと、肘掛の上に置いていた俺の手に、晶の小さな手が重なった。

その白くて細い指は次第に俺の指へと絡《から》んできて、やがて恋人繋《つな》ぎになった。これは、このところ晶がよく使う、俺に甘えたいときのサインである。

「どうした？」

「二人ともよく眠ってるし、ちょっとだけこうさせて……」

晶は俺の肩に頭を預けた。隣で両親が寝ているせいもあってか、いつもより胸が高鳴る。

「兄貴……」

「なんだ？」

「いつかは兄貴と二人だけで旅行したいな。――ダメ？」

そういえば花音祭《かのんさい》のときも晶とこんな感じでちょっとした約束をした。

嘘《うそ》でもいいから結婚すると言ってほしい——そんな約束を。

俺は返答にまごついた。親父たちはべつにダメとは言わないだろうが——と、まず両親の顔色を窺《うかが》ってしまうことを考えている自分は、やはり覚悟が足りないのだろう。

すると晶は手を握る力を緩めた。

「でもね、僕との約束はべつに守らなくてもいいから」

「え？」

「約束したって事実があれば、それだけで僕は十分嬉《うれ》しいんだ」

「でも、それだと——もし破られたらどうするんだ？」

「たぶん、仕方ないなって思うんじゃないかな？」

「晶……」

晶は心配しなくていいとでも言うように笑ってみせたが、その笑顔はどこか控えめで諦めているように俺には見えた。

「兄貴は、僕や周りの人のことをいっぱい考えてくれて、いっぱいいっぱい行動してくれてるから、ちょっと約束を破ったくらいで、僕は兄貴を嫌いにならないよ」

そう言うと、晶は俺たちを隔てていた肘掛を上げ、俺の胸にそっと顔を埋《うず》めてきた。

「だから兄貴、安心して僕との約束を破っていいから……」

――そんなの、ダメだ。

俺は晶の手を強く握った。

「そんなことするわけないだろ？　俺は、一度した約束はちゃんと果たす」

「兄貴のそういうとこ、固いよ。僕に対してはもっと不真面目になってもいいんだよ？

妹なんだから」

「お前のそういうとこ、都合がいいって思われるぞ？　俺は兄貴だ。妹の前でかっこ悪いとこ見せられるか」

俺がそう言うと、晶は安心したように顔をさらに埋めてくる。俺の中に入り込むつもりなのだろうか。

「なんだ、充電か？」

と冗談混じりにそう訊《き》くと、晶は「違うよ」と言った。

「これは兄貴のための充電。僕から兄貴に、いっぱいあげたいものがあるんだ」

心臓が高鳴る。

胸の中が熱くなる。

心が満たされていくのを感じる。

晶に心臓の音を聞かれているが構わない。

このまま晶とずっと一緒にいたい――口に出すのは恥ずかしいので、せめて心臓の音でそう伝えたいと思った。

そうして、しばらくのあいだ晶に充電させてもらっていたら、いつの間にか新幹線は降りる駅の手前で走る速度を緩めていった。

＊＊＊

新幹線から特急に乗り換えて約二時間半後、俺たちは『藤見之崎温泉《ふじみのさきおんせん》』という駅で降りた。

駅前は浴衣《ゆかた》姿の人たちが行き来していた。

大きく空気を吸い込むと、温泉地ならではの香りが風に混じっている。

旅館までの道を歩き始めると、駅前からずらりと土産物屋やら飲食店やらが立ち並んでいた。

菓子類の甘い匂い、海鮮料理の豊かな匂い、肉料理の香ばしい匂い――あちこちから美味《うま》そうな匂いが漂ってきて、俺も晶も思わず腹が鳴った。

時刻は三時近く。

昼に新幹線で駅弁を食べたが、ちょうど小腹が空いてきた頃合いだった。

「そうだ、この先に美味い肉を食わせる屋台が──あった、あそこだ」

親父《おやじ》は俺と晶の腹の具合を気にしてくれていたのか、肉串を一本ずつ買ってくれた。

美味い。噛《か》むと塩胡椒《こしょう》で味つけされた香ばしい肉からじゅわりと肉汁が溢《あふ》れ出し、口の中と空いた胃袋を幸福で満たしていく。

「母さん、食べてみて！　これすごく美味《おい》しいよ！」

「じゃあ一口。──あら！　ほんと美味しいわね～」

嬉しそうな晶と美由貴さんの顔を見て、俺も親父の顔を見た。けれど親父は笑いながら

「俺はいい」と遠慮した。

「美味いだろ？　そのぶん、温泉で背中を流してもらおうかな？」

親父はいつもそうして俺がなにかを食うのを楽しそうに眺めて満足する。

昼を過ぎていて、本当は親父も腹が減っているのだろうが、そのあとも冗談を言っては美由貴さんを笑わせ、晶を笑わせ、自分も笑い、しれっとなにも口にしていない──

「それにしても晶、そんなに牛肉ばっかり食べてると牛さんになっちゃうぞ？」

「もう〜、ひどいよ太一《たいち》さん！　牛肉は僕の大好物なのに〜」

「ほら、モウ〜って鳴き声が聞こえてきたぞ？　ははは っ！」

——親父はそんなふうにして俺に飯を食わせてきた。

いつも自分のことよりも俺が腹を満たすのを優先してきた。

やることなすこと胡散臭《うさんくさ》くて自分本位に見えても、常に子供のこと、家族のことを考えて、うまく立ち回ろうとしている。

親父は苦労性なのだ。

だから俺は、親父がたとえ仕事人間で家にいない人だとしても「寂しい」だとか、「もっと相手をしてほしい」だとか、そういう子供らしいことを言って親父を困らせるようなことはしてこなかった。

親父は仕事をすることで、俺がなに不自由なく暮らせるようにと思っている。俺がその妨げになってはいけない。

親父は親としての「つとめ」を果たそうとしている。

——つとめ、務め、努め、か……。

だったら、兄としての「つとめ」は——

俺は三分の一ほど食べた肉串の残りを晶に差し出した。

「晶、あと全部食べていいぞ？」

「え⁉　いいの兄貴⁉　やったぁ！」

肉串を両手に持って無邪気に笑う晶を見ていたら、自然に笑みが溢《こぼ》れた。

――こういうことか、と俺は思った。

＊　＊　＊

「――さ、着いたぞ。ここだ」

親父に案内されてついたのは『いとう屋』という看板の、いかにもといった感じの古い温泉旅館。外観はなかなか雰囲気がある。

暖簾《のれん》を潜り玄関のたたきの上に立つと、着物の女性が出てきてスリッパを用意してくれた。

親父が宿帳に記帳しているあいだ、美由貴さんはそのそばでニコニコと宿の人と話していた。

俺と晶は手持ち無沙汰になんとなく演劇部の話をしていた。

「和紗《かずさ》ちゃんたちも旅館に着いたころかな？」

「さあ？　そういえばあいつらも温泉にしたんだっけ？」

「そうみたい。天音《あまね》ちゃんの親戚がやってる旅館に泊まるんだって。いいなぁ～」

交通費の件はけっきょくダメだったらしい。そこで宿代を安くするほうで話を進め、伊《い》藤《とう》の親戚がやっているという温泉旅館に泊まることになったのだと晶から聞いた。

「へ～、伊藤さんの親戚が……──ん？　伊藤さん？」

「どうしたの、兄貴？」

「あ、いや～……」

そんなわけがないと思いたいが、たいがい俺の思っていることは外れることが多い。

「ここの名前、『いとう屋』だよな……？」

「まさか兄貴、演劇部のみんながここに来るって思ってるの？」

「俺もそうは思いたくないが……あははは、やっぱ考えすぎだよな？」

「そうそう、考えすぎだって～」

そう言って俺と晶は笑ったが、なんだか無性にそんな気がしてきた。

いやしかし、まさか西山《にしやま》たちと同じ場所に行くわけ──

「──着いた～！　いや～、素敵な雰囲気だね～！」

――ないよ、な……？

聞き覚えのある声がしたが、幻聴だろう、うん……。

「さ、チェックイン済ませて外湯に――って、あれ……？」

悲しいことに幻聴だけではなかった。

西山始め、ひなたや伊藤、それ以外の演劇部員たちの姿も見える。

幻覚まで見えてきたということは、俺は相当疲れが溜《た》まっているのかもしれない。

現に、晶の目にはなにも見えてないし、聞こえていないらしく――

「あ――――！　和紗ちゃん！　みんなっ！」

――おっと。どうやら見えちゃったようだし聞こえちゃったようだ。

ということは、つまり――

「ここが合宿場所か――――っ⁉」

「ここが家族旅行の場所だったんですか――――っ⁉」

――俺と西山は玄関先で互いの顔を見合わせて叫んだ。

宿の人たちが俺たちを見て怪訝《けげん》な顔をしていたが、俺の胸中はそれどころではなかった。

＊＊＊

「いや～、まさか偶然宿が被《かぶ》るとは！　うちらってまさに運命共同体ですね！」

旅館のロビー。俺の隣で西山はこれでもかってくらいの笑みを浮かべていた。

西山はニヤニヤが止まらないほど嬉《うれ》しいらしいが、俺は素直に喜べない。

「いや、腐れ縁のほうだろ？　少なくとも俺とお前は……」

西山は「ほんとは嬉しいくせに」と言いながら俺の肩をバンバン叩《たた》いてくる。もはや「痛いからやめろ」と言う気力も失《う》せた。

隣のテーブルでは、晶とひなたが手と手を取り合って喜んでいる。

まるで長年離れ離れになった親友同士がようやく再会を果たしたかのようだったが、最後にひなたに会ったのは二日前の金曜日のこと。

……まあ、二人は仲良しなのでそれは良いのだが、問題はこいつだ。

「まさか先輩、私のことが恋しくて追ってきちゃったとか？」

「人をストーカーみたいに言うのはやめろ。そもそも、俺らの家族旅行が先にあったんだろうが」

「べつにうちらも先輩たちを追いかけてきたわけじゃないですよ？」

「ここが伊藤さんの親戚がやってる宿なんだろ？　知ってる……」

その伊藤は親父たちがチェックインを終わるのを待っている——と、ちょうど親父がチェックインを終えて美由貴さんとこちらにやってきた。

「こんにちは、えっと、西山さんだっけ？　真嶋太一だ。君と演劇部のことは子供たちからよく話を聞いてるよ。いつもお世話になってるみたいでありがとう」

「西山和紗です！　こちらこそ、涼太《りょうた》先輩と晶ちゃんにはお世話になってます！」

西山は礼儀正しく頭を下げた。

「和紗ちゃん、私のこと、覚えてる？　美由貴よ」

「もちろんです！　花音祭のときはメイクをしていただいてありがとうございました！」

「いいのよ。それよりも『ロミオとジュリエット』は最高だったわ！　なんだか若さに溢れていて、おばさんも元気になっちゃった♪」

「おばさんだなんて、美由貴さんは全然そんな歳《とし》に見えませんよ！　ほんと綺麗《きれい》で、旦那様が羨ましい！」

「だろ？　うちの美由貴さんは俺にはもったいないくらい綺麗でな～」

「あらやだ、子供たちの前で恥ずかしいわ～」

美由貴さんはまんざらでもないという顔でもじもじと身体《からだ》をくねらせた。

──まあ、なんというか、なんというかである。

俺はこの状況で非常に居心地が悪い。

早々に話を切り上げてさっさと部屋に行きたいのだが、西山は親父たちと気分良く話しているし、晶もひなたと嬉しそうに話し込んでいる。

演劇部員の高村《たかむら》、早坂《はやさか》、南《みなみ》も相変わらず楽しそうに一緒にいて独自の世界観をつくりあげていた。

こういうときは静かに時が過ぎるのを待つに限る……。

しばらくして、伊藤がチェックインを終えてこちらにやってきた。

「こんにちは真嶋先輩」

「やあ、伊藤さん」

伊藤が話しかけてきてくれて、俺は少し安心した。

「それにしても、まさか同じ藤見之崎《ふじみのさき》だったとはね」

「すみません、行き先が被っちゃって……」

「それに泊まる場所も一緒とは──」

「すみません、うちの親戚が旅館をやっていて……」

「いや、伊藤さんも伊藤さんのご親戚もまったく悪くないから、謝る必要ないよ、本当……」

伊藤に余計な気を使わせてしまった。

控えめな性格は彼女の美徳だが、少し控えめすぎる感もある。

西山と足して二で割ったらちょうど良い性格も、あいだに誰かが入って調整してあげないと、やはり彼女も辛《つら》いのではないか。

──そう思うと、今のところ西山の暴走を止められるのはいちおう俺だけか……。

うちの両親と仲良く話している西山を見た。

この人たらしは、もう少し周りの苦労を知ったらいいと思うのだが。

「和紗ちゃん、そろそろお部屋に移動しようよ」

伊藤が話しかけると、「そうだね」と明るく言って席を立った。

「あ、私はちょっとお手洗いに──」「あ、僕も！」

晶と美由貴さんはトイレに向かった。

演劇部の面々は、先に宿の人に案内されて、奥の方に消えていったのを見て、俺はやれやれと一つため息をついた。

＊＊＊

あとに残された俺と親父《おやじ》はテーブルに座り、久しぶりに親子二人で話をしていた。

「まさか演劇部の子たちと一緒になるとはな～」

「まあ、親父を女子高生にしたみたいなやつが部長だからな」

思考も似てればそりゃあ行き先もタイミングも被る。

「俺が可愛《かわい》いって言いたいのか？」

「ちっげぇよ！」

「しかし、あの子は本当に良い子だな～」

「なんでそう思う？　──まあ、たしかに悪いやつじゃないけどさ～……」

俺は半ば騙《だま》された感じで演劇部に入った。

もちろん俺が早とちりをしたせいもあるが、あいつはしれっと人を誤解させるようなことを言ったりやったりする。

——西山と出会って一月半くらいか。

俺をからかって楽しんでいる節はあるが、あいつだけはいまだによくわからない。

とりあえずは、晶の演劇の才能を見つけ、人見知りの克服に貢献してくれたことには感謝はしているが。

「ま、あの歳の子は不安定だ。考え方も感情も次の瞬間にはころっと変わるもんだ」

「いや、あいつの場合は一貫して自分の利益しか考えていないぞ？」

「そんなことはないさ。さっきだってみんなに気を使ってただろ？」

「え⁉　あいつが⁉　どこでっ⁉」

「いや、そんなに驚かなくても……。——あの子、ああ見えて案外キレるぞ？」

「小賢《こざか》しいのは認めるけど、だからどうして親父はそう思うんだよ？」

「西山さんが最初に玄関を潜ってきたな？」

「そうだったのか？　まあ、先頭に立ちたがるやつだから……」

「そのあとどうしたか見てなかったのか？」

「いや……」

「みんながスリッパに履き替えたあとだ。最初に入ったあの子が最後まで玄関に残って扉を閉めてた。それからみんなの靴がきちんと揃《そろ》っているか確認していたぞ？」

「え⁉」

意外だった。西山がそんなことをしていたとは思いもよらなかったから。

「そのあとも宿の人にきちんと挨拶《あいさつ》してた」

「それは、まあ、普通のことだろ？」

「伊藤さんって子の親戚がやってるところなんだろ、ここ？」

「ああ……」

「だからかもしれないな。菓子折を宿の人に渡してた。普通、宿泊する人間が宿の人に土産を渡すなんてことしないのにな。──あの子、なかなかやるな」

親父はふっと笑ってみせたが、俺は驚きを隠せなかった。

「親父、どうして、そこまで……」

「まあこれが社会経験長い大人の視点ってやつで──」

「どうしてそこまで見えてるのに、大事なところがなにも見えてないんだ⁉」

「はあっ⁉」

西山の良いところは──まあ、置いといたとして、親父は俺と晶の関係にまったく気づいていない。

気づいていて放置？――いやいやいや、本当に気づいていない感じだ。

「大事なところってどこだよ？」

「なんでもねぇよ……」

晶との関係は口が裂けても言えない。親父にはこのまま見えないでいてほしい。

とりあえず西山の良いところが聞けて良かった気がする。

あいつは少し暴走するときもあるけれど、根は良いやつだから俺も嫌いにはなれない。

今の親父の話で、俺は西山をもう少しきちんと見ないといけないと思った。

いや、西山に限らず、他の部員たちのこともこれからはしっかり見ていこう。

「で、涼太、どうなんだよ？」

「なにが？」

「あの中で好きな子、いるのか？」

「はあっ⁉」

今度は俺が叫ぶ番だった。

「いないよ、べつに！」

演劇部のみんなをこれからしっかり見ていこうと思っていた矢先に、変なことを意識させるようなことを言うなよ、親父。

「なんだ、女の子ばっかの中で部活してたら、てっきりいるもんかと思ったが」

「だからいないって……」

「だって、ほら、みんな可愛いだろ？　ひなたちゃん、西山さん、伊藤さんもべっぴんさんだ。それから他の三人も。お前、そんな環境にいてなにも思わないのか？」

選択肢に晶がなかったのが、わざとなのか、本当にないと思っているのかはわからないが、俺は首を横に振っておいた。

「つーか、人の部活の女子たちをそういう目で見るなよ」

「ははは、いいだろべつに～。若くて可愛い子を見たら俺だって――」

「よし。じゃあこのことは美由貴さんに報告を――」

「それだけはやめてっ⁉　マジで洒落《しゃれ》にならないからっ！」

呆《あき》れた。なんて変わり身の早い親父だ。

まあ、それだけ美由貴さんのことが大事だとわかって安心した。

というか、身内にこういうことをつつかれたくない。俺だって年頃の男子、こういう恋愛面の話は親父とあまりしたくないのだ。

「じゃあ好きな子はいないんだな？」

「だから、いないよ、べつに……」

「なんだ、枯れてるな、お前……」

「おい、その残念そうな顔やめろ……」

親父とそんな軽口を叩《たた》き合っていたら、「そうだ」と話を変えられたのだが——このあとの親父との会話が、俺にとってこの日一番の衝撃となる。

11 NOVEMBER

11月21日（日）

家族旅行初日から事件発生しまくり！

まず朝から兄貴と腕を組んで出発！

それはまあいつものことなんだけど……。

だって母さんたちがラブラブを見せつけてくるから対抗心燃やしちゃうし！

そのあと新幹線でもこっそり手を繋いじゃった！

それもまあいつものことなんだけど……。でも、私が甘えても嫌がらない顔をして、照れ臭そうにしてる兄貴はほんとカワイイ～！

それから兄貴に充電してあげた。兄貴からいろいろもらってばかりだから、私から兄貴にお返ししたい。……本音は、もっと甘えていいんだよって伝えたい。兄貴、固くて、頑張りすぎちゃうから、どうしても……。

藤見之崎に着いてたくさん肉串を食べた！

兄貴が自分の分もゆずってくれた！　優しい～うれし～！

食べ過ぎ注意だけど、旅行の二日間くらい平気だよね？……と、自分に言い訳する私。

そしてそして、なんと大事件！

私たちが泊まる旅館と演劇部の合宿場所がブッキング！

しかもここ、天音ちゃんの親戚がやってる旅館なんだって！　この偶然すごくない？

ひなたちゃんや和紗ちゃんたちに会えて驚きだったけど、なんだか家族旅行と演劇部の合宿を一緒にしてる気分！

体が二つあればいいのにって思ってたら、二つのイベントが一緒になっちゃった！

ところで、この日記、どこで書いてるかわかりますか？

ふっふっふ～！

第3話「じつは湯けむり慕情事件簿③ ～結ばれた帯～」

晶《あきら》と美由貴《みゆき》さんがお手洗いに行っているあいだ、ちょっとした事件があった。

というのも、親父が部屋割の話を始めたのだが……。

「四人部屋の予約がとれなくて二部屋に分かれるぞ。で、部屋割なんだが──」

「俺と親父、美由貴さんと晶だろ？」

言わずもがな、至極当然の流れ。

男女別、親子ペアというのは当たり前の流れだと思っていたら──

「いや、俺と美由貴さんに決まってるだろ？」

「……ちょっと待て。てことは、俺と晶が同じ部屋か？」

──あえて逆流する。それが、真嶋《まじま》家クオリティ。

そもそも一家の舵取《かじと》りをしているこの親父が方角を見誤っている。東ではなくあえて西へ……新大陸でも発見するつもりなのか、この親父は？

「なんだ涼太《りょうた》、晶と一緒の部屋は嫌か？」

「いや、べつに嫌とかじゃないけどさぁ……」

「なら問題ないよな？　お前ら仲良いだろ？」

——仲が良すぎて問題しか発生しなさそうだけどな、とは言えない。

この親父ときたら人を鈍感扱いするくせに家庭内の兄妹《きょうだい》の事情はなに一つ見えていない。

知らぬが仏という言葉があるが、やはり親父の目には俺と晶がただ仲の良い兄妹にしか映っていなかったようだ。そういう意味では、やはり、ちょっと、残念な親父なのである。

俺と晶の同室を良しとするのは、俺への信頼から？

いやいや、そういうものとも少し感じが違うな。

「いやぁ、美由貴さんと温泉に来たかったんだよな〜。新婚旅行みたいなもんだ」

——なるほど。

要するにこの親父、美由貴さんのことしか見えていないということだ。……デレデレした顔が妙にムカつく。

ただまあ親父の好きなようにはさせない。

晶と同室になったりしたら——なにか、いろいろと、まずい気がしてならない。

そこで俺はそれとなくジャブを打ってみることにした。

「残念だな……。たまには親父と親子水入らずが良かったんだけど……」

「俺と一緒の部屋じゃダメか？　親父《おやじ》……」

「え……？」

「涼太……」

演劇部で鍛えられた俺の小芝居は親父の心を動かすのに十分だったようだ。……俺としては微塵《みじん》もそんなことを思っていないのだが、止《や》むを得ない。

俺の言葉に感動したのか、親父はわなわなと口元を震わせ——

「お前、高二にもなってなに言ってんだ？　ファザコンか？　どうりで演劇部の子たちに興味ないわけだ。俺は無理だぞ、そういうの……」

「おい、なんだその目は……」

——前言撤回。今すぐ反抗期になってやろうか？

「いちおう年頃の男女だぞ⁉　間違いが起きたら……いや、起こさないけどさっ！　それでも同じ部屋とかやっぱ気を使うだろ⁉」

俺は食ってかかったが、親父は至極冷静だった。

「年頃って言っても、お前、三週間も晶を弟だと勘違いしてただろ？」

「うぐっ……」

「それ、最初から晶を女の子として見てなかったってことだよな？」

「はぐっ……」

──それは、まあ、あのときは……。

今ではすっかり美少女だと認めているが、問題はそこじゃないんだ。そこじゃないんだよ、親父……。

「というわけで、お前のことだ。晶と一緒の部屋でもおかしなことにはならないだろ？」

──俺はな、俺は……。

安心と信頼の実績を持つ息子。

俺が日夜「あるもの」と戦っていることを親父たちは知らない……。

＊　＊　＊

俺と親父がそんなことを話していると晶と美由貴さんが戻ってきた。

「ごめんなさい、お待たせしちゃって～」

美由貴さんが親父に話しかけるとすぐに部屋割の話になった。

「──あらあら、じゃあ晶と涼太くんが同じ部屋なのね？」

俺は一瞬ドキッとしたが、美由貴さんは美由貴さんで特に気にしている様子はなかった。

やはり気にしすぎなのは俺だけなのか？

一方の晶は、「え～、兄貴と同じ部屋～……」と親父たちに不服そうに言った――が、見えすいた嘘《うそ》である。

俺のほうを振り向いた晶は、親父たちに見えない角度で、今にもニヤつきそうな顔を必死に我慢していた。

「晶は涼太くんと同じ部屋が嫌なの？」

美由貴さんが訊《き》くと、そんなはずないじゃん、という顔で晶が俺を見る。

「だって兄貴、いびきがうるさそうだし、デリカシーないからなぁ～……」

――だったらニヤつくのを我慢しているのはどういう了見だ？

なんとか部屋割を変更したほうが良さそう――だが、ここで美由貴さんが「はい」と手を挙げた。

「それじゃあ私が涼太くんと一緒に寝ようかしら？」

「「ええ――――!?」」

俺と晶と親父は驚いて美由貴さんのほうを見た。

「そんなに驚くこと？　じつは前から息子と布団《ふとん》を並べて寝てみたかったのよね～♪」

驚くことである。

息子と義母？　いや、それは、さすがに、なぁ……。

こういうあまり深くないようでいて、考えようによってはけっこう深刻なことを、美由貴さんは平気で言ってのける人だ。

他意はないのはわかっているが、その選択肢が一番ないだろうということは、美由貴さん以外の三人はよくわかっていた。

特に、親父は情けないほどに取り乱していた。

「いや、しかし、美由貴さん……。涼太だって年頃の男子なわけだし、そういうのはけっこう敏感だと思うよ……？」

「おい！　さっきと言ってることちげぇーだろ！」

俺が親父に噛《か》みつくと、晶も「僕、太一《たいち》さんと同じ部屋になるの⁉」と食いついた。

「あ、そうなるわね～」

「絶対ヤダ！　無理！」

「え、晶っ⁉」

と、こっぴどく拒絶された親父は相当ヘコんでいた。……いい気味だ。

そのあと俺は「男女別がいい」と提案してみたが、晶は晶で「夫婦水入らずの邪魔をしたくない」の一点張り。ヘコんだままの親父は意見する気力もなく、美由貴さんはことの成り行きをニコニコと笑顔で眺めているだけだった。

で、けっきょく部屋割は夫婦、子供同士という結果で落ち着いた。

つまり俺は——

「……兄貴と同じ部屋だ～、えへへっ♪」

——俺の横でこそっと話しかけていた、この悪戯《いたずら》好きな義妹《いもうと》と同じ部屋で、両親了承のもと、一緒に寝ることになった。

なってしまったのである……。

＊＊＊

「うわ——っ！　素敵な部屋だね～～～！」

母屋《おもや》の二階、『椿《つばき》』と銘打たれた表札の部屋に入るなり、晶は部屋の中を跳ね回っていた。

晶はホテルに泊まったことはあるそうだが、温泉宿に泊まるのは初めてとのことで、ひたすらはしゃいでいる。

なんとも微笑《ほほえ》ましいが、俺はそれどころではない。

「ほら見て、この間接照明とかオシャレじゃない？　こういう部屋、一度泊まってみたかったんだー！」

たしかに素敵な部屋だ。

和モダンな内装と雰囲気の良い照明、少し大きめの液晶テレビ、セミダブルのベッドが二つ。

インテリアがなかなか凝っていて、学生にはちょっと贅沢《ぜいたく》な趣だが――いささか雰囲気が良すぎやしないか？　ここ、カップルや若い夫婦などが泊まる部屋では……？

――いやいや、我々は兄妹である。

兄として、断じてこの部屋の雰囲気と義妹の可愛《かわい》さに流されたりはしない。

「兄貴！　このベッド、フカフカだよー！」

「おいおい、埃《ほこり》が立つだろ……」

寝心地の良さそうなベッドの上で弾んでいた晶は、今度は窓の外に興味を移した。

「見て見て！　景色綺麗《きれい》だよ～！　山が紅《あか》いな～！　お猿さんとか出てきそぉー！」

「危ないから気をつけろよ」

窓から身を乗り出して外の景色を眺める晶は無邪気な弟っぽい。

けれどすぐに俺の元に寄ってきて「嬉《うれ》しいね」と抱きついてくるところなんかは妹っぽ……いや、さすがに妹とは違う感じだな、これは。

「やったぁ、兄貴と同じ部屋だ～♪」

「お、おい……。あんまりはしゃぐなよ？」

「だって兄貴と二人きりで嬉しいんだもん♪」

「親父たちに聞かれたら……」

「大丈夫だって。二人とも離れのほうだし～」

――そうなのだ。

親父たちの部屋は同じ母屋の隣ではなく別棟の『楸《ひさぎ》』の間。

つまり晶の言うところの「大丈夫」は、俺にとっては「だいじょばない」なのである。

「兄貴、僕と二人っきりでドキドキしてる？」

「まあ、心配のほうのドキドキだな……」

「心配って、なにが心配なのかなぁ？」

晶は意地悪っぽく言ってきて、そのまま俺の胸に「ウリウリ～♪」と顔を擦《なす》りつけてくる。

この意地悪抱きつきコンボは破壊力が抜群すぎて俺の理性ゲージを一気に削りとる。

無理に引き剝《は》がそうとすると、今度はコアラのようにしがみついてくるのでなんともしようがない。

わかってやっているだけに余計にタチが悪いな——と、そのときノックの音が聞こえてきて「失礼いたします」と女性の声がした。

瞬間的に晶は俺からパッと離れ、少し乱れた髪と服を慌てて直す。

——その恥じらいができるなら、もうちょっと俺に手加減してくれよ……。

呆《あき》れて晶を見ていると、静かに扉が開いた。

現れたのは部屋まで案内してくれた着物姿の女性。年の頃は二十歳そこそこで大学生くらいに見えるが、どこか落ち着いた雰囲気の綺麗な人だった。

親父たちを離れの部屋に案内し終わったらしく、今度はこの部屋にこの宿の説明をしに来たようだ。

「改めまして、本日は遠路はるばるお越しいただきありがとうございます。ナカイのオカミと申します」

「ん?」「え?」

俺と晶は同時に顔を見合わせた。

「あ、えっと……女将《おかみ》さんですか？」

俺がそう訊くと、「いえ、ナカイです」と返された。

「つまり、女将さんではなく仲居さんということですか？」

「いえ、オカミはオカミなのですが、ナカイでもあり……」

「えっと、じゃあ仲居さん……え？　女将さん？」

「いえいえ、オカミは苗字《みょうじ》です。『岡を見る』と書いて岡見です。仕事は仲居でして……ややこしくて申し訳ございません……」

「ああ、いえ──」

──なるほど。

ややこしいな。

仲居さんの岡見さんの宿の説明がひと通り終わり、今度は外湯の話になった。

「──こちらが外湯の入浴券です」

渡されたのはＩＤを首から下げるタイプの入浴券。外湯の入り口にある機械でこの印字されているバーコードをスキャンして入場するシステムらしい。

七つもある外湯を無料で何度も利用できると聞いて、俺がちょっとウキウキした気分でいると、晶がそっと口を開いた。

「あの、混浴のお風呂《ふろ》はありますか？」

「なに訊いてんだ、お前は……」

呆れながらそう言うと「気にならないの？」と返された。

気にならないと言えば嘘になるが、なぜ真っ赤になりながら訊く？

「外湯に混浴はございませんが、内湯の『つりばな』は貸切風呂《かしきりぶろ》になっておりますので、ご一緒に入浴されるのでしたら扉の前の札をひっくり返していただいて『入浴中』に
──」

「あーいえ、俺たち兄妹《きょうだい》ですがご一緒はしません。あははは……」

俺は笑って誤魔化しておいたが、晶は不満そうに頰を膨らませている。

「せっかく誰かさんのお背中をお流ししようと思ったのにぃ～」

「いいや、遠慮しておく」

「僕は『誰かさん』としか言ってないけど？」

「っ……!? と、とにかく、一緒には入らないからなっ！」

「あれあれ？ 前は僕と入りたがってたじゃないか。背中を流してくれ～って」

「あれは弟と距離を縮めるためだ！」

「ま、実際は妹と入ったんだけどね～」

「というか今さらその話を持ち出すな、よ……──」

俺ははっとした。

岡見さんが「まあ」と顔を真っ赤にしているのに気づいたから……。

「あ～、すみません、今のは聞かなかったことにしてください！」

岡見さんは目を泳がせた。

「先ほどから気にはなっていたのですが、お二人はご兄妹様……ですよね？」

「あ、はい。真嶋《まじま》涼太です。で、こっちが──」

「姫野《ひめの》晶です」

──あ、今こいつ、わざと姫野って言ったな？

「え……？　真嶋様と姫野様……え？　ご兄妹なのに苗字が違って、混浴で……え？

え？」

──なるほど。

ややこしくなったな。

「これには家庭の事情がありまして……」

少し持て余し、俺はなんとか岡見さんの誤解を解こうと試みた。

義理の弟だと思って背中を流させたのがまさかの義妹《いもうと》だった──自分で言っていても、

ちょっとなに言ってるのかわからないな……。

しかし、口に出すと羞恥《しゅうち》と後悔がやってくる。

いつか笑い話になる日が来るのだろうか……。

「――そういうわけなので、俺たちのことはどうか秘密でお願いします」

「そういうことでしたか。そうとも知らず、私ったらとんだ誤解を……」

「解《わか》っていただけましたか……」

「このことは他言いたしませんのでご安心を――」

俺がほっとしたのも束《つか》の間《ま》――

「――お兄様がお風呂で妹様を女にした……なんて、おいそれと口にできませんので……」

――なるほど。

そうきたか……。

顔を真っ赤にしている岡見さんは、新たな誤解をしてしまったようだ。

「あの、なんかそれ、たぶん絶対に違います……」

「兄貴、女にしたってどういう意味？　僕、最初から女の子なんだけど……」

「ん？　まあ、そういうことだ。……たぶん」

──ややこしいのでまとめてみる。

俺と晶の秘密を知る人物が一人増えてしまった。

彼女は仲居さんの岡見さん。ちょっとだけアクセントが違うので注意しよう……。

＊　＊　＊

岡見さんは俺たちにお茶を入れてくれたあと、「ごゆるりとお過ごしください」と言って、どこか含んだ笑みを浮かべたまま去っていった。

俺と晶はテーブルを挟んで、無言のまま畳の上に正座している。

お茶をズズっとすすって一息ついたあと、ようやく互いの顔を見合った。

「晶、さっきの件だけど──」

「わかってるから言わないで」

むすっとしている晶を見て、俺は一つため息をついた。

互いにヒートアップしてしまったとはいえ、赤の他人に兄妹の秘密を漏らしてしまった。

そのことについては晶も反省しているようだったが、ぷくっと頬を膨らませている。

「さっきからなんで怒ってるんだよ？」

「兄貴が僕を女の子として見てくれないこと」

「どストレートだな……。見てるよ、見てる。意識してるって」

「だったらもっと僕と一緒の時間を楽しんでくれてもよくない？」

「俺はいつも晶と一緒にいて楽しいぞ？」

「それは兄妹としてだよね？　──というか、岡見さんにあんなに必死に、妹、妹って言わなくても……」

要するに晶は、岡見さんの前で俺に妹扱いされたことを拗《す》ねているらしい。

兄妹なのだからそりゃそうなのだが、そういうことではないそうだ。

「そういう普段通りの楽しみとかじゃなくて、こういうとこに来たんだから、非日常を楽しむっていうか、もっと、こう……──」

晶がもぞもぞと照れ臭そうにする。

晶が言いたいことを察して俺は赤面した。

「――もっと、恋人っぽく……」

「それはダメですね……」

背中がむず痒《がゆ》くなってきた。

旅行は非日常を楽しむものであるのだから、日常的な兄妹としての関係ではなく、非日常的な恋人としての関係とやらを晶は御所望らしい。

――いや待て、普段もそれほど兄妹っぽくない気が……。

あまり深く考えないようにしよう。

「で、いちおう訊《き》いておくけど、恋人っぽいことって、具体的にはどうするんだ？」

「ちょっと、そちらに行ってもよろしいでしょうか？」

「え、あ、はい。どうぞ……」

真っ赤になってぎこちなくなった俺たちは、膝と膝を突き合わせた。

恥ずかしすぎてまともに顔を合わせられない。

もどかしい時間が続くと、晶がそっと頭を差し出してきた。

「まずはナデナデしてください」

「え、あ、うん――これで、いいか？」

言われた通りに撫《な》でてみるが、いつもと様子が違って、なぜか照れてしまう。

「では、つぎにチューを――」

「それは、却下！」

「じゃあせめてギューをしてください」

「そ、それくらいなら、まあ――」

晶の身体《からだ》にそっと腕を回し、優しく引き寄せる。正座したままだと難しいが、晶は前のめりになってこちらに体重を預けた。晶も俺の身体に腕を回す。

「どうだ、これで……」

「素晴らしいのです……」

「あのさ、さっきからその口調、なんとかならないか？」

すっかり晶のペースにハマっていた。いつもやっていることがいつもと違う感じですっかりペースを狂わされてしまっている。

晶のこの服装のせいか、話し方のせいか、この部屋の雰囲気のせいかはわからないが、とりあえずこのままではまずい。

「兄貴の心臓、すごいドキドキしてるよ？」

「そ、そりゃそうだろ……」

「嬉《うれ》しい。僕でドキドキしてくれてるんだね？」

「まあな」

「僕もドキドキしてるよ？　聞いてみる？」

「いや、俺はいい」

「…………」

「あの、晶？　なんか脚、痺《しび》れてきた……」

「…………」

「あの～……頼むからなんか言ってくれ！」

この状況で沈黙が一番辛《つら》い。

――これ、どのタイミングで離したらいいんだろ？　頼むからそんな潤んだ瞳で見ないでくれよ。

そんなことを考えつつ、ほんの数十秒か、あるいは数分か――そうしたままでいたら、急に俺のスマホが鳴った。――西山《にしやま》だった。

「……出るの？」

「あ、うん――」

晶が切ない表情を浮かべるので、俺は若干の後ろめたさを感じつつ電話に出た。

『──あ、私です、ワタシワタシ！』

「詐欺なら切るぞ──」

『ちょっ！　オレオレじゃないですって！　演劇部部長の西山和紗《かずさ》で～す！』

「わかってるけど、なんだよ？　振り込まないぞ？」

『だから違いますって～！』

西山のお陰でだいぶ気が抜けた。

「で、なんの用だ？」

『先輩、今なにしてます？』

「え、あ──」

──晶を抱いています、なんて言えるはずない。

「そりゃあ、まあ、部屋でゴロゴロと……」

『あっ、晶ちゃんとイイ感じなんですねぇ～？』

「ちがっ……晶とは部屋は別だっ！」

咄嗟《とっさ》に嘘《うそ》をつくと、晶が腕にギュッと力を込めた。

見ると、恨めしそうな表情をしている。どうして嘘をつくの？　とでも言いたいみたいだ。

『ふ～ん。ま、いいですけど、晶ちゃんに電話したら繋《つな》がらなくって』

「へ、へぇ～……。晶になにか用事か？」

『真嶋先輩にも用事です。今からみんなで外湯行きません？』

「外湯か……」

――しめた。ナイスタイミングだ、西山。

『あ、でも、晶ちゃんとラブラブしたいんだったら――』

「行く！　すぐ行く！　ちょっと待ってろ！」

『あ、そうですか？　なら浴衣《ゆかた》に着替えてきてください。うちらは下のロビーで待ってますね～――』

電話が切れると晶はむっとしながら俺の顔を見上げた。

「兄貴、嘘ついた～」

「仕方ないだろ、この状況じゃ……」

「兄妹《きょうだい》なんだし、僕と同じ部屋だって言ったら良かったのに～」

「現状、そんな理由はあいつらに通じないからな？」

俺のことを『規格外のシスコン』扱いしてくるやつらだ（若干一名のみ）。同室だと知られればなにを言ってくるか……。

「いいか晶？　俺たちが一緒の部屋だってことは秘密だぞ？」

「それ、逆にやましくない？」

「やましくない。これは俺と晶の日常を守るためだ」

「う～ん、いいけどさぁ～……──あっ！」

晶はなにかに気づいたらしく、にしししと笑った。

「また僕らの秘密が増えちゃうね、兄貴」

「その言い方……。お前、楽しんでるだろ？」

「誰にも言えない秘密があるのって……ふふっ♪」

「そ……そんなことより西山からの伝言だ──」

外湯に行くことを告げた途端、晶は顔を真っ赤にした。

「え⁉　僕、和紗ちゃんたちと一緒に入るのっ⁉」

「そうだけど……あ！　そういうことか……」

晶は美由貴さんと建《たける》さん以外に肌を見せたことがない。修学旅行でもホテルの部屋の風《ふ》呂《ろ》にお湯を張って別々に入っていたそうだ。

ここにきて、いきなり温泉に入るハードルが上がってしまったようだが、大丈夫だろうか。

「晶、どうする？」

「う、うん……。ちょっと、自信ないけど……」

晶は自分の慎《つつ》ましやかな胸元に目を落とした。

どうフォローしていいものやら……。

「そういえば前に兄貴、僕の心配してくれてたよね？」

『これから家族旅行で温泉に行ったり、高校の修学旅行だってある。常に個室で風呂に入れるわけじゃない。誰かと風呂に入る経験をどこかでしておかないと、将来困ることになるかもしれないぞ？』

「まあ、たしかに、言ったは言ったけど……」

「これ、兄貴とお風呂に入った経験を生かすチャンスかも！」

「言い方！　ガッツポーズも作らんでいいっ！」

そんな感じでだいぶ持て余したが、俺たちは浴衣に着替えることにした。

しかし、同じ部屋で一緒に着替えたことはない。晶も服を脱ぎ始めたようで——

シュ……シュルシュル……シュッ……ファサ……──

これまでの色々が積み重なって、今は衣擦《きぬず》れの音でさえ刺激が強い。

俺は煩悩《ぼんのう》を振り払うように浴衣を着て、帯をきつく締め、晶に聞こえないように深呼吸をして心を落ち着けた。

「晶、終わったか？」

「兄貴、帯ってどう結んだら良いの？」

「なんだ、浴衣着たことないのか？」

「何度かあるよ。でも、母さんに着付けてもらったから」

「そんなに難しいもんじゃないぞ」

「じゃあ兄貴、僕に結び方教えて」

「わかっ……ん？」

教えてってことは、つまり──

「お願い。和紗ちゃんたち待ってるんでしょ？」

──念のため確認しておくか。

「上は、ちゃんと着てるよな？」

「うん」

「よし、わかった……。じゃあそっち向くからな――」

俺が振り向くと、晶は頬を赤らめながら浴衣を押さえていた。

あまりそちらを見ないように意識しつつ、ベッドの上に置いてある帯を手にし、晶の前で屈《かが》んだところで、俺はあることに気がついた。

「晶、これ、よく見たら合わせが逆だ」

「逆って？」

「普通は右前、身体に密着する右のほうが内側になる。左前だと亡《な》くなった人だ。そのまま死後の世界に連れてかれるぞ？」

「えぇっ⁉」

「だからほら、早く直せ。俺は後ろを向いてるから――」

浴衣の合わせが直ったところを確認し、俺はすぐさま帯を結んでいく。

ついでに結び方を説明して、自分でもできるように教えておいた。

「――で、最後にこうする。どうだ、苦しくないか？」

「うん、平気！　ありがと、兄貴♪」

晶は着たばかりの浴衣姿でくるっと回ってみせた。

「なかなか良い感じだ」

「僕、どうかな？」

「え、ああ……。可愛《かわい》いぞ、ほんと……」

「えへへへ♪　兄貴から可愛いいただきました♪」

そのあと俺たちは羽織《はおり》と温泉に持っていく諸々を手にして部屋を出た。

＊　＊　＊

「あ、来た来た！　もう、遅いですよ、二人とも～！」

ロビーに着くと、浴衣姿の西山たちが談笑しながら待っていた。

西山の他には、ひなたと伊藤《いとう》だけ。他の三人は別行動で、すでに外湯に向かったらしい。

「涼太先輩も晶も浴衣が似合ってますね！　兄妹で浴衣っていいなぁ～！」

ひなたがそう言うので俺も晶もこそばゆい気分になった。ただ――

「兄妹っていうよりカップルみたいですねぇ～。むっふっふ～」

――西山が全て台無しにしてくれた。……こいつ、本当に、いつか本気で泣かせたい。

するとひなたが「あれ、晶？」となにかに気づいた。

「ちょっといい？　──あ、これ、帯の結び方が男性用だよ？」

「「えっ⁉」」

俺と晶は驚いた──と同時に晶がギロッと俺を睨《にら》んでくる。

ひなたが慣れた手つきで晶の帯を直してくれているあいだ、晶はこっそりと俺のほうを向き、『あ〜に〜き〜！　僕をそんなに男の子にしたいのか！』と声には出さない代わりに目でそう訴えてきた。

『わざとじゃない！』

と俺は表情で返したが、

『あとでキツ〜いお仕置きだからね！』

とまた目で訴えてくる。

ところが、それだけではこの話は終わらなかったのだ……。

「──これでよし」

ひなたは晶の帯を綺麗《きれい》に締め直すと柔和な笑顔を浮かべた。

「ひなたちゃん、ありがとう」

「ううん。──それにしても晶、やっぱり涼太先輩と仲が良いんだね？」

「え？　なんで？」

「だって、結び方が涼太先輩と一緒だったから」

「「はうっ⁉」」

羽織を着ていなかったことが仇《あだ》になった。俺も突然のことに固まってしまった。

晶が動揺して俺のほうを見たが、俺も突然のことに固まってしまった。

「兄妹で結び方が一緒って面白いね。部屋は別々だよね？」

「へ、部屋は別だよ！　結び方は、なんとなく！　急いでたから、偶然というか～……」

「そっか、偶然なんだね？　てっきり前もって涼太先輩が晶に教えたのかと思ったの」

ひなたはニコっと笑ったが、俺も晶も笑える状況ではない。顔が引きつる。

「ううん、兄貴からは、教わって、ないよ、うん！」

「それじゃあ教えておくけど、角帯はリボン結びでいいんだよ？」

「へ～、そうなんだ？　知らなかった～……」

「晶のさっきの結び方は『男結び』っていって――慌てて、偶然で、誰からも教わらずにできちゃうものなのかな？」

ひなたは他意なく言ったつもりだろうが、俺と晶は激しく動揺した。

「っ――⁉　そ、それは、ですね～……」

「誰かに結んでもらった――そう考えるほうが自然だと思うんだけどな～？」

晶の目が『助けて兄貴！』と訴えてきた。

女子高生探偵・上田《うえだ》ひなたの名推理に、俺も晶もすっかり閉口した。

なんと返すべきか？

いや〜、大した推理だ。君は小説家にでもなったほうがいいんじゃないか、あははは
——って、これ、完全に犯人のセリフだ……。

「なるほど！　そっか——」

ひなたは動揺する俺と晶の顔を交互に見て、

「——偶然でも一緒の結び方になっちゃったってことは、心が通じ合ってるって証拠ですね♪」

と、素敵な偶然（？）に頬を赤らめた。

どうやら真実の一歩手前でときめきが勝ってしまったらしい。

なんて良い子なのだろうか……。

11 NOVEMBER

11月21日（日）

兄貴と同じ部屋。え!? 今さらだけど、え!?

そうなんです。今、兄貴と同じ部屋です。兄貴、私の横で普通に寝てます。

テンションが上がったのは当たり前！ だけど、これ、本当にいいの!?

でもでも、太一さんと母さんがOKしたってことは、そういうことだよね!?

嬉しい。ニヤニヤが止まらないんですが、どうしてくれるんですか、これ？

最高の家族旅行じゃないですか、これ？

というか恋人同士の旅行じゃないですか、これ？

なんと私、兄貴と一緒の部屋になっちゃいました——！

と、テンション上がる私ではありましたが大失態をしてしまいまして……

私と兄貴の秘密を外部の人にもらしちゃったんです、はい……。反省してます……。

気を取り直して浴衣の帯の話。

兄貴に結んでもらったんだけど、男子用の結び方だったみたい……。

そもそも浴衣なんて着ないから帯の位置なんて気にしてなかったけど、ひなたちゃんに気づいてもらえて良かった！

あ、でも、ひなたちゃんに兄貴と同じ帯の結び方で同室だとバレかけた。

ひなたちゃん、抜け目ないんだけど、最後は誤解してもらえてホッとした〜……。

可愛くて、笑顔が素敵で、頭も良くて、家事も得意、あと抜け目がないところとか合わせると、将来結婚したら相手は絶対浮気できないだろうな〜。

私と兄貴も嘘をつけないタイプだから、浮気できない……。

ということで浮気はダメだからね、兄貴！

返事は……「ふがっ！」だそうです……。

いびきで返事するなよぉ〜……。

第4話「じつは湯けむり慕情事件簿④　～岩穴に響く声～」

俺たちは旅館を出て外湯に向かった。

カランコロンと下駄《げた》の音を鳴り響かせながら歩くのも心地よく、女子たちは下駄で歩くのを楽しそうにしていた。

最初に向かった先は『二の湯』というところ。

江戸時代の名医が『藤見之湯《ふじみのゆ》は天下に二つと並ぶものなし』と称したことから、「二」の字が使われるようになったのだとか。

ちなみにここの名物は、なんと『岩穴風呂《ぶろ》』。

天然の大岩に大きな穴を一つ開け、その中央に敷居《しきい》を立てて左右を男女に分けている。

ただの露天風呂《ろてんぶろ》とは違い、大きな穴の中の風呂ともあって、温泉好きな俺としてはその物珍しさに胸が高鳴っていた。

はやる気持ちを抑えつつ、女子たちの他愛ない話を聞きながらて歩いているうちに『二の湯』と書かれた看板が見えてきた。

そういえば、一つ、今回の家族旅行・合宿が温泉地で良かったことがある。

「じゃあ真嶋《まじま》先輩、うちらはここでお別れですね」

「おう。じゃあこっからは別行動だな」

そう、温泉は男女別。

つまり、女子の有無を気にする必要がなくなるのだ。

ちなみに親父《おやじ》たちはあとで合流するらしく、先に入っておいてくれとのこと。ここにきて、ようやく俺に一人きりの時間ができる。

「私、さみちい……」

「いや～、ほんとせいせいするなぁ～」

西山《にしやま》はいいとして、俺は不安そうな晶《あきら》の顔を見た。晶にとっては友達と温泉デビュー。

少し心配だが、俺が女湯に一緒に入るわけにはいかない。

「じゃあ晶、楽しんでこいよ？」

「うん。それじゃあ兄貴、またあとで」

「ああ。──ひなたちゃんも楽しんできてね」

「はい！　それじゃあ晶、行こ！」

「うん！」

晶はひなたと仲良く手を繋《つな》いで暖簾《のれん》を潜って行った。あの様子なら心配ないだろう。

こうして女子たちと自然に別れた。これで少し気が休まる。

俺は誰に気兼ねすることなく、温泉の中で束《つか》の間《ま》の自由を満喫できる――はずだった。

＊＊＊

俺はひと通り身体《からだ》を洗い流し、まずは屋内の大風呂に浸《つ》かった。

先ほどから立ち込めるヒノキと硫黄の香りにウキウキとしていたが、実際に入ってみるとこれがまたなんとも言えず気持ちがいい。

「くはぁ～～～～～～……」

思わず溢《こぼ》れた声とともに、道中の疲れが一気に温泉に溶けていく。日本人に生まれて良かったと感じる瞬間だ。

そうして大風呂を楽しんだあと、俺は屋外に続く扉を開けた。

すぐ目の前に大きな岩穴。右手に敷居があってその向こう側に女湯がある。

いちおうは半露天といったところなのだろうか。ネットの画像では見られなかったが、岩穴に近づくとそこから山の斜面が見え、紅葉がこちらを見下ろしている。

俺が温泉に足を踏み入れると、入れ違いで他の利用者が去っていった。

そのまま奥に進んで陣取ると、岩穴に縁取られた温泉の外観を望む物珍しさもあってか、なんだか楽しい気分になってきた。

肩まで浸かると屋内よりも若干ぬるく感じたが、いつまでも入っていられそうなほどの湯加減で、やはり気持ちがいい。

そのうち俺以外の利用者がいなくなり、俺はいよいよこの素晴らしい岩穴風呂を独り占めするかたちになった。

「さいっこぉ～～～～～……」

そうして束の間の自由を楽しんでいると――

「うわ～、すごいね～～～！」

――突然岩穴にひなたに似た声が反響した。

俺はその瞬間気づいてしまった。

ただの露天風呂とは違い、ここは穴の中なので音が反響しやすいことを……。

敷居で隔てられてはいるものの、男湯の声も、女湯からの声も、ほとんど丸聞こえになってしまうのだろう。

つまり、こういうことになる――


「ほら晶、こっちこっち」

「ちょっ、待って、ひなたちゃ……ひゃっ！　――いたたた……」

「大丈夫、晶？」

「う、うん……。お尻打っちゃった……あっ⁉　僕のタオル！」

「晶――はい」

「あ、ありがと……。ひなたちゃんに全部見られちゃった、恥ずかしい……」

「女の子同士だもん、恥ずかしくないって」

「でもでも、僕の胸、小さいし……」

「気にする必要はないよ。晶はお肌が綺麗だね～」

「ひなたちゃんこそ。――ちょっと触っていい？」

「え？　そこは、ちょっ……晶、くすぐったいよ！」

「うわぁ～、柔らかい！　触り心地がいい！　それにスベスベ！」

「ちょっと、ダメだってば！　――もう！　晶！」

「ひゃっ！　ひなたちゃ、くすぐったいって！」

「ほらほら〜、お返しだよ♪」

——非常に臨場感のある女子二人のやりとりがダイレクトに聞こえてくる。

晶とひなたが互いの違いを認め合い、あるいは謙遜し、あるいは称賛し、あるいは接触という形で理解を深めている。

その微笑《ほほえ》ましい様子を想像し、想像し、想像し……——

——いいや、違う！　なにを想像しようとしてるんだ俺は！

俺は慌てて邪《よこしま》な妄想を振り払った。

そしてすぐにこう自分に思い込ませることにした。この声は俺の知っている晶とひなたではない、と。

そうしなければ俺は、自分の妹と友達の妹のキャッキャウフフを想像して鼻の下を伸ばす、兄の風上にもおけない卑劣漢《ひれつかん》に成り下がる。

あの二人に顔向けできなくなる上、光惺《こうせい》に対しても今後どの面《つら》を下げて会ったらいいかわからなくなる。

だから、あの二人ではない。おそらくは同名の、声と体型がそれとなく似ている、べつの誰か。

そうだ。「晶」という子が自分を「僕」と呼んでいたが、ボクっ娘はそれほど珍しくない、はず。それに俺の知ってるひなたは悪戯《いたずら》されて仕返しするようなタイプではない、はず。

とりあえず無視してゆっくり浸かるか——

「うわっ！　すっご！　天音《あまね》、これ見ただけで感動なんだけどっ！」

「ふふっ、初めてくる人は和紗《かずさ》ちゃんみたいなリアクションするみたいだよ」

——あ、これ、晶たちで確定っぽい……。

なんとここにきて西山と伊藤《いとう》の下の名前まで飛び出してきたので認めるしかない。

「ところで和紗ちゃん、私のタオル、引っ張るのやめてもらえる？」

「いいじゃん、減るもんじゃないし～♪」

「まったく。こういうところでオヤジ化しないでよ？」

「だって天音が綺麗《きれい》だから～」

「はいはい。お世辞は要りません」

不意に、西山が伊藤にちょっかいをかけて軽くたしなめられている様子が思い浮かんだ。

部室でもたまに目にする光景なので、声だけでもどういうやりとりをしているのかはおおよそ想像できる。

「おっと～！　うちの演劇部の二大スターがお楽しみ中ですかっ⁉」

——西山《あいつ》、晶たちに絡《から》みやがった。

「ち、違うんだって和紗ちゃん。晶がいきなり……」

「だって、ひなたちゃんのスタイルが良いから羨ましくて～」

「スタイルの良さなら天音も負けておりませんぞ——」

「キャッ！　ちょっと和紗ちゃん⁉　私のタオル！」

「うわっ……」

「ほんと、綺麗……」

「ふ、二人とも、そんなにジロジロ見ないでっ！　和紗ちゃん、タオル返してよぉ！」

——これは、とりあえず、ダメなやつである。

しかし、ここで俺が「うるさいぞ、騒ぐなよ」と声を出したら、俺がここにいることが彼女たちに知られてしまう。

今までのやりとりを聞いていた俺はどうなる？

あとあとみんなと非常に気まずい空気になりはしないか？

なにも言わずに立ち去ればおおよその問題は解決するだろうが、ただ一つ——俺は今、非常にデリケートで、センシティブな、ある問題を抱えていた。

俺もそれなりに想像力がある健全な男子。

さっきまで隣で繰り広げられていた内容を想像して、今はちょっと、一介の男子として、湯から出るに出られぬ事情があった……。

したがってここは静かに耳を塞ぎ、心穏やかに時が流れるのを待つのみ。

時がすべてを解決してくれる。

そう信じて——

「——あらあら？　みんなここにいたの？」

——あらあら、ラスボスがおいでになった。

「み、美由貴《みゆき》さん⁉」

「うわっ！　美由貴さん綺麗すぎでしょっ⁉」

ひなたと西山が感嘆した。

――まあ、わかる。今「なんてこと……」とぽつりと言ったのは伊藤だろう。

「こんな若い子たちの前で、ちょっと恥ずかしいんだけど……」

「か、母さん！　タオル！　前を隠してっ！」

「どうして？　ここは女の子だけじゃない？」

「そ、そういう問題じゃないってば！」

晶は自分の母親の登場に戸惑っていた。

俺は親父《おやじ》と銭湯に行ってそんなに気にしたことはないが、見慣れた美由貴さんのあられもない姿でも友人たちの前ではまた違ってくるのだろう。

「ちょっと、触ってみてもいいですか？」

余計な積極性を見せる西山。美由貴さんは「はいどうぞ」とあまり気にしていない様子。

「――ふわっ！　すごっ！　張りがあるのにちゃんと柔らかい！」

わざわざ解説してくれているのだろうか？　その気遣いは男湯でひっそりとしている俺には無用なのだが――なるほど、だいたいわかった。

「これでも垂れてきちゃって大変なのよ。三十過ぎてからは重力との戦いだったけど、四十を過ぎてからはどう誤魔化すか必死なの」

「そんなことないですよ！　ツンと上を向いてるじゃないですか！」

「ふふっ、毎日お風呂《ふろ》でマッサージしている効果かしら？」

するとこれまで沈黙を保ってきたひなたが声を上げた。

「それ、興味あります！」

これには俺も意外だったが、たしかにひなたに関係しそうな話題だった。

女子四人の中で、いずれ重力との戦いを繰り広げる可能性が一番高いのはひなただろう。

ついで、伊藤、西山、晶の順番になるのだろうが……なぜか晶を応援したくなった。

いや、美由貴さんの血を引くお前ならいずれは……いやいや、質量ではなく形状──などと口に出したら晶に怒られそうだが、それでも。

「前に美容番組のメイクを担当したことがあったんだけど、そのときにパーソルトレーナーの方から教わったの。ひなたちゃんにも教えてあげようかしら？」

「はい」

「じゃあ、まずは鎖骨から下の大胸筋を指でこう──」

「……っ!?　あ、待って、ください……」

「あらあら、痛かったかしら？」

「いえ、気持ちいいんですけど、人に触れるとなんだか……。――続けてください」

「それから握った拳で小刻みにスライドさせて――」

「あ、ちょっ、ひゃっ⁉」

「これを繰り返すと――」

「や、それ、以上は――あっ⁉　そこ、弱くて、ダメです！　あっ……――」

――なんてことだ。

聞いてはいけないとは思いつつも、つい聞き入ってしまった。

他の三人はどんな顔でこの状況を眺めているのだろうか。

「うわ～、ああするんだ……」

感嘆の声を上げたのはやはり伊藤。伊藤は覚えて一人でするのだろうか？

それは余計な干渉か。本当に余計な干渉だな……。

ひと通り美由貴さんからマッサージのレクチャーを受けたひなたは、

「あ、ありが、とう、ごひゃい、ましら……」

と、すっかり骨抜きにされたような声で感謝を伝えていた。

すると今度は西山が「次、私、お願いします」と声を上げた。

「和紗ちゃんは僕と同じくらいだし必要ないんじゃゃ……」

――お、ナイスツッコミだ、晶！

「将来的に必要になるかもしれないじゃん？　晶ちゃんだって将来美由貴さんみたいな感じになるんだよ？」

「そ、そっか……。僕、まだいけるのか……」

「そうだよ！　まだうちら、いけるよ！」

「そうだね！　じゃあ僕も母さんから教わりたい！」

――説得されてどうする⁉　いや、たしかに期待値はあるけど！

さて、美由貴さんの反応はどうか？　おそらく苦笑いを浮かべているだろうが――

「じゃあ二人には豊胸マッサージを教えてあげようかしら？」

――さすが美由貴さんだった。

そうか、そっちがあるのか……。

「「お願いします！」」

当然のごとく晶と西山が食らいついた。

我先《われ》にと西山が「お願いします！」と出る。

「まずはひなたちゃんと同じように、鎖骨の下を――」

「あひゃっ！　あ、これ、ヤバっ！」

「あらあら、くすぐったい？」

「ちょっとだけ……でも、続けても大丈夫です」

「それで次は横の辺りを三本の指でくるくる回すようにして三十秒間――」

「ちょっ、これ、ヤバっ！　これ、本当にこれで合ってます⁉」

「同じように、指三本で下の辺りをくるくると――」

「あ、ちょっ、無理！　そこ、あ、ちょっ――」

「そして持ち上げて――」

「ひゃん⁉」

「横から中央に押し寄せるようにして――」

「ちょっ、美由貴、さ……そこ、あ……――」

「そして仕上げに――」

「っ～～～～～～～～⁉」

「もう一回ダメ押しで――」

「あっ、これ以上、ちょっ……⁉ あ、あ、あ……──あぁ～～～～っ⁉」

そのとき、なぜかはわからないが、俺の脳裏にのけぞった西山の姿が映った。

「どうかしら？」

「はぁ……はぁ……はぁ……」

「あらやだ、のぼせちゃった⁉」

「ら……らいりょうぶれふ～……」

西山はすっかり呂律《ろれつ》が回らなくなっていた。

いったいどんなマッサージをすればそのような事態に陥るのか？

理解の及ばないことに俺は恐怖すら感じたが──いやしかし、あの西山が落ちたとは。

「じゃあ次は晶の番ね？」

「いや、僕はやっぱいい……」

賢明な判断だと思った。

しかし、誤算があるとすれば──

「大丈夫。一度覚えちゃえば、あとは自分でできるから――」

――相手があの美由貴さんということである。

いつもおっとりとしていて柔軟性に富んだ性格なのだが、美容に関して言えばプロ意識が高い。――やっぱいい、で済まされるほど甘い相手ではないのだ。

「ちょっ、母さん、こっちこないで～！」

「いいからいいから。ママに任せて――」

「ダメダメ！　ほんと、僕、僕……！　あぁ～～～～～～……――」

とりあえず、母娘《おやこ》の仲が良いことは、良いことだ。

思わず「ふふっ」と笑みが溢《こぼ》れる――と、ちょうどそこで男湯の扉が開け放たれた。

「おう涼太《りょうた》、湯加減はどうだ？　というかお前、なんで一人でニヤニヤしてるんだ？」

親父ぃいいい～～～、タイミング～～～～～～～！

「──あら、太一《たいち》さん？　そこにいるの～？」

「ん、美由貴さん？　おーい！」

親父は見えもしないのに女湯のほうに向かって手を振る──が、俺はそれどころではない。

「えっ⁉　兄貴、そこにいたの⁉　ずっと⁉」

「いない！」

「いるじゃないか────っ！」

敷居《しきい》を隔てて晶の怒声が響きわたった。

「涼太先輩、そこにいるんですか？」

「はい、います……」

「なんでひなたちゃんには素直に言うんだ────っ！」

言い訳が通じる状況ではないが、ひなたならわかってくれるはずと信じているから。

「真嶋先輩！　ニヤニヤってまさかっ⁉」

「違うぞ西山！」

「今までうちらの会話とか、その……いろいろ聞いてたんですよね⁉」

「だからそれは──」

俺が言葉に詰まっていると、親父《おやじ》がきょとん顔になった。

「いろいろってなんだ？」

「親父は黙れ！」

「なんでっ⁉」

――と、まあ色々持て余したが、けっきょく俺はそのあとロビーで待ち構えていた女子たちと対峙《たいじ》することになった。

＊＊＊

「――で、正直なところ、聞いてたんですか？」

湯上がりの蒸気した肌がさらに赤くなるほど恥ずかしかったらしい。

西山の第一声はそれだった。

「正直に言います。聞いてました、ごめんなさい……」

俺が申し訳なさそうな顔で俯《うつむ》くと、ひなたはすぐさま「先輩は悪くないですよ」とフォローしてくれた。

伊藤も「私たちが騒いじゃっただけですから」と、特に気にしている様子はない。

そんなひなたと伊藤を見て、西山は「はぁ～」とため息をついた。

「……ですね。隣にいるとは知らなかったわけですし、うちらにも原因はあるんで」

西山は俺のせいではないとわかってくれたようだ。

「でも、やっぱ怒ってるよな、西山……」

「いえ、その、ちょっと恥ずかしかっただけで、べつに怒ってませんから……」

態度が怒ってるように見えるが、西山がそう言うのならそうなのだろう。西山なりの照れ隠しなのかもしれない。

「……で、ちょっと真嶋先輩、いいですか？」

「え？」

西山が俺を少しだけみんなから遠ざけ、俺の耳元でそっと呟《つぶや》く。

「ぶっちゃけ、想像しちゃいました？」

「ぶっちゃけ、想像しちゃいました……」

そこも素直にそう返すと、西山は顔から湯気が出るほど顔を赤くした。

「そこはせめて嘘《うそ》をついてくださいよ、もう～～～……」

「えっと、すまん……」

「……いいですけど、さっきの『声』は忘れてくださいね？」

「わかった、善処するよ――」

――とは言ったものの、耳にこびりついてしばらくは離れないだろう。

ただ俺が一番気になっている相手は――ちらりと晶のほうを見た。

晶だけは顔を赤くしたまま、なにかを言いたそうだった。

＊＊＊

けっきょく、俺たちは一緒に『二の湯』をあとにした。

次の外湯に向かう道すがら、隣を歩く晶がそっと俺の浴衣《ゆかた》の袖を引いてきた。

「兄貴、さっきの件だけど……」

「な、なんだ?」

「ちょっと、訊《き》いてもいい?」

「どうした?」

「さっきの僕の声、変じゃなかった……?」

恥ずかしくて言いづらいことなのか、晶はキュッと身体《からだ》を縮こめ、顔を真っ赤にした。

「変って、なにが?」

「だから、その、僕らしくないというか、なんというか……」

晶が気にしていたポイントはそこだったらしい。

普段と違う声色で、それが俺に聞かれたくなかったらしい。

「いや、変じゃなかった」

「じゃあ、どんな感じだった？」

感想は正直言いたくないが、言うまで訊かれ続ける可能性があるので、

「えっと、まあ、少し驚いたけど、ドキッとはしたかな……」

正直にそう答えて、俺はそっぽを向いた。

今、俺の顔は耳まで真っ赤になっていると感じる。

「そっか……」

「お、おう……」

よくわからないが、そのあとも晶は顔を真っ赤にしたまま俺の隣を歩いていた。

――ちなみに、これはあとで親父から聞いた話だが、美由貴さんは温泉を出たあと、

「やっぱり若い子のお肌って、すべすべで張りがあっていいわねぇ～」

と、呑気《のんき》に笑っていたらしい。

11 NOVEMBER

11月21日（日）

またまた大失態……。ほんと恥ずかしかった……。

外湯に演劇部のみんなと行ったとき、私、母さんにマッサージされて
変な声を出しちゃいました……。

みんなの前で聞かれちゃったし、しかもそれ、
隣にいた兄貴にも全部聞かれるという……。

ううっ、恥ずかしい……。兄貴に変な声って思われたらどうしようって思っちゃった。

でも、兄貴はドキッとしてくれたらしいから、まあいいか。……いいのか？

とりあえず、この日は外湯を三ヶ所だけ回った。

七つ回れるかなって思ったけど、どこも良い雰囲気でつい長湯をしちゃった。

最初はみんなで温泉に入るのも恥ずかしかったけど、入っているうちに慣れてきた。

女の子同士ってこともあるけど、やっぱり仲の良い相手だからかも。

気にせずに入れるようになったのは私の成長かもしれない。

兄貴は私が他人とお風呂に入れないことを気にしていてくれたけど、
これで兄貴の心配が一つ減ったかも！

う～ん……。それはそれで、なんというか寂しい……。

私がこのまま兄貴の心配事を減らしていったら、
気にしてもらえなくなるのかな……？

私はもっと兄貴に甘えていたいけど、「もう一人で大丈夫だろ？」とか
言われちゃったりしたら嫌かも……。

兄貴、私はまだまだ兄貴に甘えたいよ～……。

だから「ふごっ！」っていびきで返事するなよ～……。

第5話「じつは湯けむり慕情事件簿⑤ ～義兄のあやまち～」

夕食の時間が近づいてきたので、外湯巡りを終えて旅館へと向かった。

その帰り道、二つ目の『鶴の湯』で別れた女子たちと合流した。

先頃の『二の湯事件』のことはなかったかのように、いつも通り接してくれたのでありがたかったが、ただ一人、晶《あきら》だけは俯いて、少し暗い表情をしている。

それがなんだか気になって声をかけようとすると、晶はカランコロンと下駄《げた》を鳴らしながら小走りにやってきて、俺の後ろにぴったりとくっついてきた。

なにか違和感を感じつつも、俺は晶に声をかける。

「晶、外湯、楽しかったか？」

「うん……」

反応が薄い――かと思いきや、今度はじわじわと顔が赤くなっていく。俺は俺で少し顔は合わせづらいが努めて平静を装《よそお》った。

「顔、赤いな？　のぼせたか？」

「ううん、大丈夫……」

「そっか。夕飯楽しみだな？」

「うん……」

「親父たちはもう旅館に戻ってるってさ」

「うん……」

「……晶、どうした？」

「なんでもない……」

なんでもないとは言いつつも晶の様子がおかしい。

ただ、俺はこの晶の状態を知っている。

久しぶりに「借りてきた猫モード」が発動したらしい。

最近ではすっかり鳴りを潜めていたが、晶はもともと人見知り。普段は弟のように活発な晶だが、人前だとこんな感じで清楚《せいそ》で内気な女の子になる——ほんの一ヶ月くらい前までは。

それにしても、今になって「借りてきた猫モード」が発動したのはなぜか。女の子同士で温泉に入っているうちに、知らない人の姿も見えて急に恥ずかしくなったのか。

その様子を見てひなたも心配そうにしていた。

「どうしたの、晶？」

「ううん、なんでもない……」

ひなたから「晶、どうしたんでしょう？」という視線を送られたが、俺は「さあ？」という感じで首を傾《かし》げてみせた。

けっきょく晶は俺の羽織《はおり》を強く握りしめ、そのまま旅館まで無言だった。

＊＊＊

いったん部屋に戻り、夕食までの時間を潰《つぶ》すことにしたが、晶と同室の俺はやはり気まずい。

部屋に入ってすぐ、晶は窓際《まどぎわ》のベッドにうつ伏せになって、そのまま枕に顔を埋《うず》めた。

俺は晶に背中を向けるかたちで隣のベッドに腰掛ける。そうしてしばらくスマホをいじっていたが、晶はそのままの様子で動く様子がない。

なにか、おかしい。

晶はさっき「なんでもない」と言っていたのだから、放っておいたらいいのに、放っておいたら気持ちが離れていく気がして、なにかを言わなければいけないという気になる。

沈黙を言葉で埋めたがるのは俺の悪い癖である。

けれど俺はひどく不安だったため、それとなく話しかけてみることにした。

「晶、腹減ってないか？」

「ちょっとだけ……」

「ちょっとだけか。そういえば三時くらいに肉串を食べてたからな～」

「うん……」

「藤見之崎《ふじみのさき》、思ってた以上に良いところだな？　来て良かったな？」

「うん……」

やはりおかしい。

二人きりのときはとっくに「お家《うち》モード」に切り替わるはずなのだが、ちっとも切り替わらないのだ。

——もしかして、俺はまたなにか勘違いをしているのか？

さっきは「久しぶりに『借りてきた猫モード』が発動した」と感じたが、もしかするともっとべつのモードに切り替わったのではないか。晶は今、俺と一緒にいて居心地が悪いと感じているのではないか。

「晶、夕飯後の予定なんだが——」

「兄貴」

「──うん？　なんだ？」

「こっち、来て」

「あ、ああ……」

晶の寝ているベッドに近づいてみたが、やはりいつものように飛びついてくる気配はない。そっと晶の隣に腰掛ける。けれど晶はなにかを言うわけでもなく、じっとそのまま枕に顔を埋めている。

──どうしたらいいんだ、これ……？

ふと夜闇《やあん》が迫る窓を見た。

俺はまたなにかヘマをやらかしたのではないかと自問自答してみたが、『二の湯』の一件くらいしか思い当たらない。とりあえず晶がなにか言うのを待つべきか。

黙ったままそうしていると、部屋の中がすっかり暗くなった。

電気をつけようと立ち上がろうとすると、俺の浴衣に重みがかかる。晶が引っ張っていた。まるで、行かないで、と言っているみたいに。

「どうした？　さっきからなんか変だぞ？」

晶は「うん」と言ってから、枕にこもった声で話し始めた。

「欲張りになってる自分と葛藤《かっとう》中」

「欲張り？」

晶は大きくため息をついた。

「僕、兄貴にいっぱい甘えたい。すごく甘えたい……」

「えっと……甘えたら、いいんじゃないか？」

言ってからはっとした。

甘えたいが甘えられない、そういう状況なのだと晶は言いたいのだろう。

「いっぱい甘えたら、僕、どんどん兄貴のことを好きになっちゃう……」

「その、兄妹《きょうだい》としてって意味の好きじゃないよな、それ？」

「うん。異性として好き。大好き。今日ここに来て同じ部屋だって決まったとき、僕、すっかり兄貴と恋人気分になっちゃったんだ。で、舞い上がっちゃった……」

「そうだったんだな……」

「みんながいるってわかってるのに、恋人っぽいことしたくて、うずうずしちゃって――でも、本当は、みんなの前でも、兄貴にいっぱい甘えたい……」

――そうか、俺に気を使って、甘えるのをじっと我慢していたのか……。

なんだかいじらしくなって、俺は晶の頭を撫《な》でた。

「ちょっとだけギュッとしてくれる、兄貴？」

「い、いいけど、寝たままだと──」

「隣に寝て」

「あ、ああ、うん……」

静かに寝そべって晶に身体《からだ》に腕を回した。

そのとき、晶が少しだけ顔を見せてくれた。目が潤んでいる。真っ赤になった顔で、なにかを求めるように、俺はじっと見つめられている。

まだ湯上がりの熱がこもっているせいなのか、それとも血行が良くなってしまっているせいなのか、俺はだらだらと汗をかいた。

「ど、どうだ？　満足したか？　そろそろ、いいんじゃないか？」

「まだ、もうちょっと……」

「えっと、俺、恥ずかしいんだけど……」

「もうちょっと……」

なんて甘えん坊さんなんだ。

義理の弟でも、義妹《いもうと》でもなく、二人きりのときにだけ見せる恋人の甘え顔。

これはきっと「お家モード」からさらにシフトチェンジしたかたちの「甘々な恋人モード」なのだろう。

自分のネーミングセンスのなさに辟易《へきえき》するが、たぶんそういうことだ。

「ああもうダメ、ちょっと無理、抑えきれない――」

「お、おい！　抑えきれないってお前……」

俺はひどく狼狽《うろた》えた。

この状況で抑えきれないというのは、つまり――そういうことだろう。

「この気持ちを鎮《しず》める方法は一つしかなさそう」

「なにをするんだ？」

「わかってるでしょ？　僕が、兄貴としたいこと――」

晶は求めるような目で俺を見てくる。

「――本当は、夜まで我慢するつもりだったんだけど、やっぱ無理」

「だから、なにを――」

「兄貴、今からしよ？」

「……っ⁉　いや、しかし晶、それは……」

「やっぱ、ダメかな？　旅館の人に怒られちゃうかな？」

「いや、怒られは、しないと、思うが……」

「じゃあお願い、一回だけでいいから、ね？」

「でも、晶、もうすぐ夕飯の時間だ。──あと三十分しかないぞ？」

「三十分あれば、一回か二回は──」

「いや、一回でも許せば、そのあとはきっとずるずるだ。たぶん、後には戻れなくなるぞ？」

「僕も、たぶん、そうだと思う──」

晶は目を閉じ、

「──でも、どうしても僕は兄貴としたいんだ」

再び目を見開くと、覚悟はできているという目だった。

俺はこの目を見たことがある。

真剣で、まっすぐで、淀《よど》みのない綺麗《きれい》な目。

思えば、俺は今までこの目を避け続けた。苦手だと思った。怖いとも思った。この目に俺の心が見透かされているような気がして、今までまっすぐに見返すのも躊躇《ためら》われた。

けれど、どうやら俺も、覚悟を決めないといけないときが来てしまったようだ。

「なにも言わないってことは、いいってことだよね？」

晶はすっとベッドから下りると、そのまま部屋の隅に置いていたキャリーケースのところに向かった。おもむろにケースのジッパーを開けると、ごそごそと漁《あさ》り始める。

「持ってきて良かった」

「準備、してたのか？　今日、こうなるってわかってて……」

「なんとなく。本当に使うかわからなかったけど……」

こちらを振り向いた晶は、悪戯《いたずら》が見つかった子供のように顔を赤くしていた。

「外湯で僕の恥ずかしい声を聞いちゃったんだから、次は兄貴に情けない声を出してもらうよ？」

冗談めかした言い方で強がる晶を、俺はたまらなく愛おしく感じた。

「たっぷり可愛《かわい》がってあげるから、兄貴……──」

──二十分後。

「──いや～、やっぱ兄貴とやるの気持ちぃぃ～！」

「え、あ、うん……」

「兄貴、そろそろ降参する？」

「え、あ、うん……」

「でもダーメ。まだ時間があるからもう一回戦しよ！」

「え、あ、うん……」

「てか兄貴、もっと本気出して！　あっさりしすぎてて相手にならないよ？」

「え、あ、うん……」

「兄貴、さっきから『え、あ、うん……』しか言ってないけど、どうしたの？」

「え、あ、うん……」

「反応薄いぞ～！　もっとやる気出してよ！」

不満そうな晶を尻目に、俺は上の空だった。

空は空でも、これはもう『宇宙《そら》』のほうかもしれない。

俺の意識はとっくに肉体を離れ、身体のほうは全自動「え、あ、うん」返答機械になっている。

――なるほど、これは無我の境地というやつなのかもしれない。

さて、なぜ俺がこんな状態になっているのか？

なにせ今俺と晶がしていることは――

「じゃあ次、ペリー提督使ってみようかな〜。3で裏キャラから通常キャラになったんだよねぇ〜」

――そう、エンサム3。

俺たちは部屋のテレビにゲーム機を繋《つな》いで対戦プレーをしていた。

そうなのだ。

なんと晶は、家からゲーム機ごとエンサム3のほか、何本かゲームソフトを持ってきていたのである。

寂しいといけないからと、ご丁寧に『中沢琴フィギュア』までケースに入れて持参していた。

いやはや、なんとまああっぱれな義妹《いもうと》なのか。

やっていることが修学旅行にゲーム機を持ってくる男子連中と変わらない。

「兄貴、さっきからお坊さんしか使ってないじゃん？」

「そういう気分なんだ、今は……」

――月性《げっしょう》。

吉田松陰《しょういん》とも親交が厚かった尊皇攘夷《そんのうじょうい》派の武闘派僧侶。

「身分を問わず、志のある者で新しい兵制を確立すべきだ」と主張。

いち早く海防の重要性を説いたことから「海防僧」とも呼ばれている。……海坊主《うみぼうず》ではない。

詩歌《しいか》を愛す穏やかな性格かと思いきや、激情的な一面もあったそうだ。

人と議論を交わす際は一歩も引かず、酒を飲むとエスカレートして剣や槍《やり》を振り回すこともあったらしい。

――いやいや、今はそんなことマジでどうだっていい。

「お坊さんの気分って、どんな気分なの？」

「なにか悟りが開けそうだな。いやもう開いちゃってるかもしれない」

「へ〜、ちょっとなに言ってるのかわからないけど、まあいいや。じゃ、もっかいしよ♪」

「え、あ、うん……」

また俺はなにか盛大な勘違いをしでかすところだった。ある意味では盛大な肩透かしであるが、これが勘違いでも肩透かしでもなかったら、今ごろどうなっていたことか……。

観光地で開放的な気分になっていた自分を反省する。

いや、ほんとに――

あっぷねぇえええ〜〜〜〜〜〜〜〜〜〜〜〜〜〜〜〜〜〜……──

心の中で、安堵《あんど》なのか嘆息なのか、なんとも言えない長いため息をつきつつ、そのまま晶の相手をする──が、気づけば俺のライフゲージは三分の一くらいに減っていた。

「──はい隙あり──！」

晶がそう言った瞬間、画面にハリウッド俳優並みに美形化されたペリー提督のカットイン──

『──聞こえるか？　これが文明開化の音だ』

そのあと、突然画面端に黒船艦隊が現れ、一斉に砲門を開き、射出。

放たれた数多《あまた》の砲弾が花火のように爆発して画面を埋め尽くした。

これはペリー提督の超必殺技『速射連発砲火《スターマイン》・開国特別製《カイコクスペシャル》』。

海防を説いた僧侶は、海の向こうからやってきた圧倒的な力の差を見せつけられ、無残にも大地に伏した。

『鎖国など笑止千万。井《い》の中《なか》の蛙《かわず》大海《たいかい》を知らず。されど空の青さを知る、だと？　世界の広さを知れ』

ペリー提督の勝利セリフ──痺《しび》れるほどかっこいいな。というかあなたは本当に教科書に出てくるペリー提督なのでしょうか？

「ペリー様素敵！　琴キュンの次はペリー様使おっ！」

「ペリー様、ねぇ～……」

「兄貴、もっかい！　もっかいだけやろっ！」

「え、あ、うん……」

そうして集合時間を五分ほどオーバーして、俺たちはようやく親父《おやじ》たちの待つ大広間へと移動した。

──「甘々な恋人モード」？

そんなものを考えついた俺は、穴があったら入りたい気分だ。

「兄貴」

「なんだ？」

「べつのこと、期待しちゃった？」

「ふぐ――――っ⁉」

誰か、俺のために、穴を掘って埋めてくれ～……。

——訂正。

＊　＊　＊

気まずい関係がようやく元に戻った俺たちは、夕食をとるために大広間へとやってきた。

ここの旅館は各々《おのおの》部屋で食事をとるスタイルではなく、大広間を食事場所としてそこに用意された料理を食べるそうだ。

廊下にいたときからすでに良い匂いが漂っていたが、大広間に入るとすでに何組かの先客がいて、その中には西山《にしやま》たち演劇部もいた。

「あ、お二人とも先にいただいちゃってま～す」

「あんまハメ、外しすぎんなよ？」

「だ～いじょうぶですって！　こう見えてうちらお淑《しと》やかなんで」

「お前以外はな……」

西山に軽口を叩《たた》いてから、今度はひなたに話しかけた。

「ひなたちゃん、料理美味《おい》しい？」

「ええ、とっても！　この味が家で出せたらなぁって勉強になります！」

そのあともひなたは鍋の出汁《だし》を少し口に含んで、

「このお出汁、どうやって作ってるんだろう？　あとで教えてもらえるかなぁ……」

と呟《つぶや》いていた。

さすがは家庭的なひなた。普段からきちんと料理をしているだけはある。

晶にも見習ってほしいところだが、かくいう俺も料理はいまいちなので人のことは言えない。俺も料理の腕を磨くべきだろう。

「あ、今、兄貴、お前も見習えって思ってたでしょ？」

晶が睨《にら》んできた。

「なんでわかるんだ？　いや、俺も料理の腕を磨かないとなぁって思ったところだよ」

「僕は兄貴より料理できるだろ！」

「料理って、包丁をいっさい使ってないアレのことだよな？　レンジとコンロとケトルしか使わないのに、料理できるって胸張るのはどうかと思うぞ？」

「兄貴知らないの？　一流の料理長は包丁を使うどころか、味見しかしないんだよ？」

「おい、そういう人は包丁もちゃんと使って料理の腕でのし上がった人だ。江戸時代の毒見役とか一緒にするな」

まあ、毒味役も命がけで主君を守るという立派なお役目なのでバカにはできない。

そんな俺たちのやりとりを聞いていたひなたはくすっと笑った。

「まあまあ、二人とも。それと涼太《りょうた》先輩、一つ間違ってますよ？」

「え？」

「お料理に大事なのは『愛情』です。大好きな人のことを思い浮かべて作れば、包丁を使わなくたってちゃんとした料理なんですよ？」

ひなたが言うと妙に説得力があるな。そして素敵だ。

しかし、その考えは、いついかなるときも通用するとは限らないことを俺は知っている。

「ひなたちゃんの言うことはもっともなんだけど、その理屈でいくと、カップ麺にお湯を注ぐときに『愛情込めました、だから料理です』って言い張りそうなやつを一人知っているんだ――」

「聞こうじゃないか、兄貴。僕はとっくに話し合う準備はできてるよ？」

「誰も晶のことだとは言ってないだろう？」

「あははは……。困ったなぁ……」

ひなたが苦笑いを浮かべた。

「とりあえず、俺は包丁を使う料理の勉強をすることにするよ」

「じゃあ僕は大好きな人の顔を想像しながら包丁を研《と》ごうかな～」

――ヤンデレか、こいつ？

すると黙ったまま横で聞いていた伊藤《いとう》がボソッと口を開いた。

「なんだか同棲《どうせい》を始めたカップルの口喧嘩《くちげんか》みたい……」

俺と晶はたまらず顔を赤くした。

＊　＊　＊

演劇部とのちょっとしたやりとりのあと、俺は親父たちのいる席に向かった。

ただ、そこには美由貴《みゆき》さんしかいなかった。美由貴さんはスマホでなにかを真剣に打ちこんでいたが、俺たちが近づくとにっこりと笑顔になった。

「あらあら二人とも、ようやく来たのね？」

「すみません美由貴さん、お待たせしました」

「ごめん母さん。――あれ？　太一《たいち》さんは？」

「太一さんなら職場から急用だって電話が来たそうよ。まだお部屋にいるんじゃないかしら？」

真嶋《まじま》家はこういうことに慣れている。一家団欒《だんらん》のタイミングで仕事の電話やＬＩＭＥが来ることなんて珍しくない。

親父だけでなく、美由貴さんも仕事の連絡がいきなり来ることもあって、再婚する前から晶も慣れていたらしい。おそらく俺たちが来る直前まで、スマホで仕事のやりとりをしていたのだろう。

ただ、美由貴さんは食事中や家族団欒で過ごすときはいっさいスマホを見ないようにしている。努めて家族との時間を大事にしようと心がけているが、そこは親父との違いだ。

親父は食事中でも電話に出ることもあるし、そのまま「ちょっと現場に行ってくる」などと言って出ていくこともあった。

一見して家族を大事にしていない父親のように見えるが、俺はそうではないとわかっているから気にしていない。

しかし、新たに家族になったこの二人はどうか。

そんな親父を見て、二人は気にはならないのだろうか。

「親父のこと、待ちますか？」

「先に食べちゃっていいって言われてるわ」

「でもいいのかな？　先食べちゃったら太一さんが……」

「大丈夫だろう。さ、親父の分まで食べてしまいましょう」

二人は多少申し訳なさそうにしていたが、食べ始めると次第に親父の話はなくなった。

代わりに美由貴さんはこんなことを訊《き》いてきた。

「それで、涼太くんは好きな子とかいるの？」

……それ、親父と同じパターンのやつ。

「いえ、いませんよ——ひぐっ⁉」

「どうしたの？」

「あ、いえ、なんでもありませんよ、あははは……」

テーブルの下で晶が俺の腿《もも》をつねった。美由貴さんが目を離している隙に俺が晶を睨むと、晶はなに食わぬ顔で料理を口に運んでいる。……こいつ。

「でも、気になる子とかいるんじゃない？　演劇部の子たちの中に、そういう子はいないのかしら？」

「いや〜、まったく……」

「あ、ひなたちゃんはどう？　あの子、家庭的だし将来きっといいお嫁さんになるわよ？」

「奇遇ですね、俺も同じことを考えて――ひぎっ⁉」

また腿をつねられた。

「あらあら、お刺身に骨でも入ってたの？」

「ま、まあ、そんなところです……」

やはりつねってきた当の本人はしれっと料理を食べている。

随分と器用なやつだ。箸と小皿を持ちながらどのタイミングで俺の腿をつねっているのか不思議で仕方がない。

「ひなたちゃんはちょっと俺にはもったいなさすぎるというか、俺なんかじゃダメですよ、あははは……――」

――だからひなたは嫉妬する相手じゃないぞとさりげなく晶にアピールしておいた。

「そんなことないわよ。涼太くんは素敵よ？　私が高校生だったら好きになっちゃってたかも」

「いや〜、そんなこと言われたら親父には申し訳ないですけど嬉《うれ》し――いぎっ⁉」

「あらやだ、お鍋が熱かった？」

「え、ええ、ちょっと……」

――晶、今のは絶対につねるタイミングが違う。

美由貴さんはお世辞を言っただけだろう。母親に嫉妬してどうするよ……。

「晶は涼太くんのこと、どう思──」

「大好き」

──おい、即答かよっ⁉　というか、今の質問に対してその回答で大丈夫なのか⁉

「でもね～、晶が涼太くんにべったりだから涼太くんも彼女ができないんじゃないかしら？　兄妹《きょうだい》でいつも楽しそうだけど、学生時代の恋愛ってほんと大切よ？　あなたも彼氏つくりなさいな？」

「僕は兄貴と一緒にいて楽しいから十分」

「あらあら、そうみたいよ、涼太くん。すっかり気に入られちゃったわね～」

「あ、はい。それはとても嬉しいですね。俺も晶みたいな妹ができて……あひゃっ⁉」

「さっきからどうしたの涼太くん？　お豆腐にも骨が入ってた？」

「いえ、豆腐は豆腐です……骨入ってたら嫌がらせです……」

──なぜ腿を撫《な》でた⁉　さっきまでの澄まし顔はどうした⁉　というかデレるな！

「そうそう、涼太くんに前から訊こうと思ってたことがあるの」

「なんです？」

「太一さんを親父《おやじ》って呼ぶじゃない？　あれ、いつくらいから？」

「え～っと、忘れちゃいましたけど……まあ、小学生のときですね。どうしてそんなこと聞くんですか？」

「晶がねぇ～、中学校に入ってから私のことをママって呼んでくれなくなっちゃって寂しくて……」

晶を見ると、そんなの当然でしょ？　と言う顔をしている。

「母さんでいいでしょ、べつに？」

「ママはママって呼ばれたいんだけどなぁ～……」

「だって恥ずかしいじゃん？　周りがお母さんとか母さんって言ってるときにママって」

「だそうです。――まあ、たしかに俺も親父を昔は父さんって呼んでたけど、今さら戻す気はないなぁ……」

「へ～、兄貴、昔は父さんって呼んでたんだ？　なんで親父って呼ぶようになったの？」

「……まあ、親父が喜ぶから」

晶も美由貴さんも「え？」という顔をしていた。

「だから晶も太一さんじゃなくて親父って呼んでやったらいいよ。たぶん喜ぶから」

「え～、でも親父って言い方はちょっとなぁ……」

「たしかに娘から親父呼ばわりはキツいわね～……」

「そんなことないですよ。親父なんで」

そんな感じで話していると、噂《うわさ》をすればなんとやらで、ようやく親父がやってきた。

「すまん、待たせた！」

俺はようやく解放された気分になった。これでようやく話題が変えられる。

「太一さん、どうだった？」

「どうも部下がやらかしちゃったみたいでね、とりあえず指示はしておいたが――」

親父はバツが悪そうな顔をした。

「――ちょっとキーボードを叩《たた》くよ。ごめん、美由貴さん、このあとの予定はキャンセルで」

親父は大事な家族旅行の日にパソコンは不要だと言っていたが、念のため持ってきていたらしい。

俺は、なんとなく、こうなることは予想していた。

以前、親父と二人旅をした際も会社から電話がかかってくる事態になり、急遽《きゅうきょ》二泊三日の予定を一泊にして帰ることもあった。

今回は予定を削らないところを見たらまだマシなほうなのだと思う。

親父がひどく申し訳なさそうな顔をしている一方で、美由貴さんは「それは仕方ないわ」と明るかった。

怒っていい場面なのに、呆《あき》れてもいい場面なのに、美由貴さんは努めて親父を理解しようとしてくれているのを感じた。

親父が美由貴さんに惚《ほ》れているのがなんとなくわかった。

理解と共感——いや、それ以上に、きちんと譲ること、委《ゆだ》ねることができる人だから、一緒にいて安心できるのだと思う。

「この埋め合わせはちゃんとするから」

「わかったわ。それじゃあ明日はお仕事の関係の人たちにお土産をいっぱい買うから、太一さん、荷物を持つの、よろしくね？」

美由貴さんはそう言うとにこりと笑顔を浮かべた。

ただ一瞬だけ見せたその笑顔は——

『たぶん、仕方ないなって思うんじゃないかな？』

——新幹線の中で俺に見せた晶の表情にそっくりだった。

控えめで諦めたような、そういう笑顔。

やはり血の繋《つな》がった親娘《おやこ》だから、そういう表情が似ているのかもしれない。

たぶん、内心では、この約束は守られないと思っているのかもしれない。守らなくていいと思っているのかもしれない。

一方の俺は、やはり血が繋がっていなかったとしても親父の息子なのだと思った。

『だから兄貴、安心して僕との約束を破っていいから……』

大事にしたい人に、そんな切ない表情をさせてしまう残念な性質は、俺も親父によく似てしまっていた。

そんな両親の様子を、晶はどこか心配そうな面《おも》持ちで眺めていた。

＊　＊　＊

食事が終わって部屋に帰ってくるなり、晶は大きなため息をついた。

真《ま》っ直《す》ぐにゲーム機の元に向かわず、そのまま自分のベッドに腰掛ける。なんとなく、晶がなにを思っているのか予想ができた。

「兄貴、ちょっと話があるんだけど、いい？」

「親父の件か？」

「ううん、太一さんと母さんの件」

晶は真面目《まじめ》な顔で俺を見つめる。

「母さんとお父さんが離婚した理由、兄貴は聞いてる？」

「まあ、それなりには——」

夏休みに美由貴さんから聞いていた。

ありがちな「価値観の違い」で別れたという話。

俺は正直なんとも言えない。美由貴さんのことも、建《たける》さんのことも知っているから、どちらかに肩入れして、どちらかが悪いとも言えない立場だ。

それは、たぶん、俺はいつも晶基準で考えてしまっているから。

美由貴さんも建さんも晶のことが本当に大事だと思っている。俺にはその事実さえあればよく、現在の二人が、あるいは過去の二人が、互いをどう思っているかはあまり関係ない。

互いの価値観の違いで別れたのならそれでもいい。

少なくとも、晶が今、辛《つら》い思いをしていなければ。

「──まあ、価値観の違いで別れたって聞いたな」

「お父さんたちが上手《うま》くいかなかったのは、すれ違いの生活も多かったけど、お金のこととか、生き方のスタンスの違いだったんだと思う」

晶は「価値観の違い」を「生き方のスタンスの違い」と言い換えた。

立ち位置の違い──なんだか空間的な話だ。ただ、俺にとっては価値観というぼんやりしたイメージよりも具体的でわかりやすい。

「兄貴は、僕と最初出会ったとき、僕との距離を縮めてくれようとしたよね？」

「そのあと晶からも距離を縮めてきてくれたから──」

──ただまあ、「兄妹」と「男女」では距離の縮め方が違うと思うのだが……なるほど、これが価値観の違いなのかもしれない。

わずかにすれ違って平行線を辿《たど》ってはいるが、互いに歩み寄った結果、俺たちの今がある。

「──実際、こうやって僕らの距離はだいぶ縮まったけど、お父さんと母さんはいったん離れちゃった距離を元に戻そうとしなかったからじゃないかなって」

「なるほどな。それで、晶が心配してるのは親父と美由貴さんの距離が離れてしまうことか？」

「うん。今日みたいなことが積み重なったら、どうなっちゃうのかなって思って……」

「それは……あまり考えたくないな。まあ、今見ている限りだと大丈夫だとは思うけど」

ただまあそうは言っても、やはり晶は不安なのだろう。

万が一、このまま放っておいて二人のあいだに亀裂が走ったらと思うと心配で仕方がないようだ。

「僕らに、なにかできることないかな？」

「なにかって、なにを？」

「この旅行で、母さんたちがもっと仲良くなれること」

「二人の時間を作ることしかないんじゃないか？」

「ううん、もっとパンチの効いたことのほうがいいなぁ」

「たとえば？」

「う〜ん……。──二人の思い出の場所になるようなところに行く、とか？」

「なるほど、思い出の場所か……」

俺は少し考えてみた。

夫婦の絆《きずな》を深めるためにやれること、それも下準備する時間もない中で、旅行先でできること──俺たちにできることは限られているが、できそうなことの中では一番良《い》い方法なのかもしれない。

「だったら明日はここから行ける範囲で景色の綺麗《きれい》なところに行ってみるか。ちょっと調べてみよう」

「うん！」

さっそく俺たちはスマホでこの近隣の景色の綺麗な場所を探し始めた。

「やっぱ観光地だけにいろいろあるな。観覧車、水族館――」

「あ、ここ！」

「ん？　なんか良い場所でも見つかったか？」

「あ、やっぱ、なんでもない……」

「どうした？」

「ここ、知ってる場所なんだけど、やっぱり……」

「どこだ？」

「この『星降りの丘展望台』なんだけど……」

晶からスマホを渡されて見てみたら、星空が綺麗に見える場所のようだった。

ただ、ここに行くためには車が必要だと書いてある。

「良さそうな場所だけどここはダメだな。車がないと……」

「うん、そうだね……」

晶が少し残念そうな表情を浮かべた。

「どうした？」

「ここ、一回行ったことのある場所なんだ……」

「もしかして建さんと？」

「うん……。ここは僕の思い出の場所。僕の『晶』って名前の由来の場所なんだ――」

そう言うと晶は、少し躊躇《ためら》いがちに自分の昔話を始めた。

11 NOVEMBER

11月21日（日）

今、兄貴がひたすら寝返りをうってます……。

ああ〜、もっと甘えたい！　甘えたいけど、どんどん好きになってしまう〜！

これって普通のことだよね？　甘えたら好きになっちゃうって。

私は兄貴のことが異性として大好き。兄貴は妹としての私を可愛がってくれているだけなんだけど、だから甘えちゃうんだけど、だから好きになる……というスパイラル！

兄貴、今日言ってました。私の言う好きって兄妹としてって意味じゃないよなって……。

なにを今さら言っているのだ、兄貴！

舞い上がるよ？　大好きな人と同じ部屋で寝るとか舞い上がって普通寝られないよ？

それなのにどうして兄貴はそんなにグースカ寝てるの！？

信じられない！　って、兄貴の今の体勢、可愛い……。

両腕上げて赤ちゃんみたい〜！

なにこれなにこれ！　可愛いすぎるっ！　夢の中で空飛んでるのかな〜？

今日の最後に、ちょっと真面目な話。

心配するなって兄貴に言われたけど、やっぱり太一さんと母さんが気になる。

お仕事ばかりでいいのかな？

そのことを兄貴と話したら、兄貴も協力してくれるみたい。

明日、家族でどこかで思い出ができるといいな。楽しみなので今日はこの辺で〜

あ、卓球!?

大事なことを書き忘れてた！

兄貴、すぐ行くからもうちょっと待ってて〜！

第6話「じつは湯けむり慕情事件簿⑥～虎の尾を踏む～」

それはまだ晶《あきら》が六歳のとき、小学校上がってすぐのころの話だった――

「――ほら、晶。見てみろ。お星様だ。綺麗だろ？」

「すごい！　キラキラ！　キレイ～～！」

ドラマのロケが終わってから、建《たける》さんは晶を連れて『星降りの丘展望台』にやってきたそうだ。

「ここは俺が大学のときに後輩と見つけた場所なんだ。お星様がとにかく綺麗でな～、晶を一度連れてきたかったんだ」

「キ～ラキ～ラひ～かる～♪　おそらのほしよ～♪」

「ははは、そうだぞ。それが晶の名前の意味だ」

「ぼくのなまえのイミ？」

「晶、もう自分の名前は漢字で書けるか？」

「うん！　おひさまの『日』がみっつ～！」

そう言って晶は地面に木の枝で自分の名前を書いてみせたらしい。

「上手に書けてるな。でも晶、覚えておけ。その三つの『日』はお日様のことじゃないぞ？」

「そうなの？」

「『星の光』って意味なんだ。『晶』って字は、星の光を三つ重ねてこのたくさんのお星様の輝きを表しているんだぞ」

「たくさんの、おほしさまのかがやき？」

「ああ。お星様の輝きだ」

建さんは晶と手を繋《つな》ぐと、ふと夜空を見上げた。

晶もそれに倣《なら》うと、幾千の星が先ほどまでとは違う輝きに見えたらしい。

「俺はここに来たときこう思ったんだ。俺がもし結婚して子供ができたら、男でも女でも『晶』って名前をつけたい。この星空みたいに、キラキラと輝いて人々を照らす希望の光になってほしいってな」

「ぼく、あのおほしさまみたいにキラキラしてるってこと？」

「もちろん、今の晶もお星様みたいにキラキラしてるぞ～？」

「えへへへ♪　ぼく、おほしさまなんだ～」

「そうだ。だから晶、太陽みたいに燦々《さんさん》と輝かなくていい。慎《つつ》ましくていいんだ。それでもいつか、暗い夜空を照らす希望の光になってみせてくれ。すっかりくすんじまった俺の代わりにな？」

「ムズカしいよ、おとうさん……」

「ははは、晶にはまだ早かったか？　そのうちわかるようになる。だから今はほら——こちょこちょこちょ〜」

「きゃっ！　くすぐったい〜！」

「晶、笑顔だぞ、笑顔。ほらほら〜」

「や〜め〜て〜！　あはははははっ！　……——」

それから二年後、建さんは晶を置いて去っていった。

晶から笑顔が、星の輝きが消えたのは、その辺りからだったらしい。

＊＊＊

俺は旅館の露天風呂《ろてんぶろ》に浸《つ》かりながら星空を見上げていた。

さっき晶から建さんとの思い出を聞いて、俺は少し感傷的な気分になっていた。

出会った頃の晶は、そうではなかった――

――希望か……。

『あの、最初に言っておくけど馴《な》れ合いは勘弁してほしい』

――どちらかといえば絶望に近いところからのスタートだったな。

この義理の弟と本当に仲良くやっていけるのか。最初は不安だったものの、慣れてくると素直で可愛《かわい》いやつだった。

まあ、じつは義妹《いもうと》だったのだが――そのことがわかってからは本当にいろいろなことが早かった気がする。

にぎにぎと自分の右手を閉じて開いてを繰り返してみる。

あのとき俺の差し出した右手は空を切ったが、今では恋人繋ぎになっている。それもなんだか感慨深い。

――晶は、暗い夜空を照らす希望の光。

今の俺には晶が輝いて見える。

その輝きを取り戻すことができた理由の一端に、ちょっとでも俺が役に立ったのなら嬉《うれ》しい。

そして、俺の心をいつも照らしてくれるあいつに、ちょっとでもなにかできたらいいなと思う。

＊＊＊

風呂《ふろ》から上がって廊下に出ると、ちょうど女湯から出てきたばかりのひなたと出会った。

「あれ？　涼太《りょうた》先輩も入ってたんですか？」

「ひなたちゃんこそ。一人？」

「はい。和紗《かずさ》ちゃんたちは夜の街に繰り出すぞーって言ってましたけど……」

「ったく、あいつは……」

呆《あき》れた。

合宿というよりも完全に旅行に来ている感じだな。

「ひなたちゃんは一緒に行かなくて良かったの？」

「私はちょっと一人になって考えたいことがあって……」

「悩み事？」

「まあ、そんな感じで──あ、涼太先輩、ちょっと聞いてもらってもいいですか？」

「もちろん。いつもこっちが聞いてもらってばっかだからさ」

ロビーに移動して、俺はひなたと向かい合って座った。

ひなたが相談したかったことは、主に光惺《こうせい》のことだった。家では相変わらずのようで、あいつはまたひなたを困らせているらしい。

今回はこの合宿の最中に旅先の写真を何枚かＬＩＭＥで送ったら、光惺から怒られたという話だった。

「──それでですね、お兄ちゃん、そんなのいちいち送ってくんな、とか返してきて！」

「あははは、あいつらしいな」

「美味《おい》しいものとか風景とか、そういうのを送ってるだけだし、べつに一枚一枚コメントとか求めてないんですよ？」

「じゃあひなたちゃんはどうして光惺に写真を送ってるの？」

「それは、だから……旅行の楽しさを伝えたいなぁって思って……」

「あいつに共感を求めてるってこと？」

「えっと、そんなところです、はい……」

照れ臭くなったのか、ひなたは耳まで顔を赤くした。湯上がりの蒸気した肌がさらにピンク色になる。

「一緒の気持ちになってくれたら嬉しいんですけど、やっぱりダメですね……」

「まあ、そんなもんじゃないかな？」

「涼太先輩だったら、晶から写真が送られてきたらどう返します？」

「俺？　俺はなんていうか――」

ちょうどスマホに晶からＬＩＭＥが届いていた。――ひなたに断って開いてみる。

写真が送られてきていたのだが――俺が風呂に入っているあいだにやっていたパズルゲームのハイスコア記録の画面だった。しかも『やったぜ！』というメッセージ付きで。

――こいつはこいつで俺になんの共感を求めているのか理解できないな……。

というか、旅先に来ていったいなにをやっているんだろう。

「まあ、俺だったらせめて『すごいな』くらいの返信はしておくかな～……」

「それくらい返してくれるのが普通ですよね？」

「えっと、俺たち兄妹《きょうだい》はあまり参考にならないよ、あははは……」

苦笑いで返すと、「そうだ」とひなたが話を変えた。

「晶と一緒に暮らし始めてどうですか？」

「前に比べると賑《にぎ》やかになったかな？　楽しいよ。基本、二人でダラダラしてるだけだけど、趣味とか気が合うし」

「いいなぁそういうの。憧れちゃいます」

「光惺とそういうのは難しそうだね」

「ほんと、なに考えてるかわからないし、私のことどう思ってるんだろ……」

ひなたはふっと暗い表情を浮かべた。

「もちろん大事な妹だと思ってるはずだよ。花音祭《かのんさい》のとき、ひなたちゃんが事故ったとき、あいつ、冷静なふりしてだいぶ取り乱してたんだぜ？」

「え!?　お兄ちゃんが!?」

どうやら初耳だったらしく、ひなたは目を丸くして驚いていた。

「それに、大事な場面でちゃんとひなたちゃんを助けにきてくれてたじゃないか？　ほら、『ロミオとジュリエット』のラストシーンの――」

「ああ、キスの場め、ん……」

俺はキスシーンを思い出して思わず目を逸《そ》らしてしまった。

改めて思い出すと、なんだか照れ臭い。

「えっと、あのときは、ごめんなさい……」

「いやいや、俺のほうこそ、固まっちゃって……」

「涼太先輩は、悪くないですよ。私が気持ちを固めないままステージに立っちゃったから
で……」
「いやいや、俺のほうこそ、年上なのにリードできなくてごめん……。不甲斐《ふがい》ないばっか
りに……」
お互いに「私が」「いや俺が」と自分の悪さを主張し合っていたら、お互いの顔が真っ
赤になっているのに気づいて、今度は二人で笑ってしまった。
面映《おもはゆ》いというか、バカバカしいというか、なんだかそういう笑いである。
「もうこの件を持ち出すのはやめよっか？」
「そうですね。いちいち照れてしまうので」
ひなたはにっこりと笑った。
不覚にもその笑顔を綺麗《きれい》だと思ってしまったが、そのすぐあとに頭の片隅でむくれてい
る晶を想像してしまって、なんだか気まずい気分になった。

＊＊＊

そのあと遊びに行っていた西山《にしやま》たちが戻ってきた。手にはコンビニの袋がぶら下がって

いる。

まさか酒など買ってきていないだろうなと思ってコンビニの袋を凝視してみたが、どうやらただのジュースの缶やペットボトル、菓子類だったので、俺はほっと胸を撫《な》で下ろした。

ロビーにいた俺とひなたを見て、西山はキョロキョロと辺りを見回していた。

「あれ？　晶ちゃんは？」

「あいつなら部屋にいると思う」

「じゃあ真嶋《まじま》先輩、晶ちゃん呼んでもらっていいですか？」

「なんで？」

「今から卓球しません？　温泉卓球ってやつです！」

「これまたいきなりどうしたんだ？」

「いや～、内風呂《うちぶろ》に入る前に、ひと汗かきたくて～！　ささ、ちゃっちゃとやってスカッとしましょ～！」

やけに元気な西山を見て、俺はなにか腑《ふ》に落ちないものを感じた。

それとなく苦笑いを浮かべている伊藤《いとう》に訊《き》いてみる。

「伊藤さん、あいつ、なんかあった？」

「それがですね、コンビニの前で男性四人組から声をかけられたんです」

「えぇっ⁉」

「相手が大学生くらいの人たちで、いきなり話しかけられました。『どこからきたの～？』とか『君たち可愛いね～』とか……」

思い出して恥ずかしかったのか、伊藤は顔を真っ赤にした。

「それでどうしたの？」

「和紗ちゃんが追い払ってくれました」

「へ～、さすが部長！　やるじゃないか！」

入部して初めて西山を部長として尊敬した気がする。なんだかんだで部員のことを第一に考えているやつなんだな。見直したぞ、西山！

ところが伊藤は気まずそうに声を潜めた。

「……それが、最初は声をかけられてノリノリだったんです、和紗ちゃん……」

「……え？」

「自分から『彼女にするならどの子がいい？』みたいな話題を振ったら――」

「あ、だいたいわかった。その先は言わなくてもわかるよ、うん……」

絶対西山があぶれてしまったんだろうな。

――なんだか、かわいそうになってきた……。

「あの、西山……」

「はい？　なんです、真嶋先輩？」

「お前のために俺ができること、なにかあるか？」

「だから晶ちゃんを呼び出してくださいよ！　なんですか、そのかわいそうなものを見る目は⁉」

「違う。この目は共感だ。ほら、俺も、俺もモテないからさ？」

「もってなんですか、もって！　一緒にしないでください！」

気を使ったのに、なぜか西山を怒らせてしまった。……まあいい。

俺は晶に電話をかけてロビーに集合するように伝えた。晶はまだゲームをプレイ中らしく、「もうちょっとしたら行く」と言ったので、俺たちは先に遊技場に向かった。

＊＊＊

卓球が始まってから十分くらいが経過していた。晶がようやくやってきて、長椅子に座っている俺の隣に腰掛けた。

「すまんな、急に呼び出して」

「ううん。ところで兄貴、なんで卓球してるの？」

「西山のストレス発散も兼ねてだろうな……」

「どういうこと？」

「あとで伊藤さんから聞いてくれ。俺は心が痛すぎて言葉にできない……」

「……どういうこと？」

とはいえ、件《くだん》の西山は南《みなみ》と楽しそうに卓球をやっている。手持ち無沙汰な部員たちはゲームコーナーで遊んでいるし、和気藹々《わきあいあい》とした雰囲気だ。

さほど気にしなくてもいいのかもしれない。

「──じゃあ次、真嶋先輩と晶ちゃん、どうぞ」

西山に促されて、俺たちはラケットとボールを受け取って卓球台の前に立った。

「兄貴、ラケットってこういう持ち方でいいの？」

「ん？　それはしゃもじの持ち方だな。ほら、こうやって持つんだ──」

グリップの握り方を教えるために晶の指の位置を直してやる。

「ラケットを振るときは腕だけじゃなくて腰の回転をかけるようにして──」

「こんな感じ？」

「そうそう。腕の力をもっと抜いて――」

「こんな感じで――どうかな？」

晶はラケットを振ってみせた。

「なかなか良い感じだ。そうやって体全体で打つようにすると良いらしいぞ」

「すごね兄貴！　なんでも知ってるね！」

「いや、たまたま先週の体育が卓球でな～」

俺と晶がそんなやりとりをしていると、西山がむうっとした表情でこちらを見ていた。

「イチャついてないで早くやってください」

「イチャついてない！」「普通だってば！」

俺と晶が真っ赤になって言い返したが、西山は鼻持ちならないとでも言いたそうに薄目で見てくる。

ややもあって、いざ卓球が始まると晶はすぐにコツを掴《つか》んでいった。それなりにラリーが続くと、なんだか楽しくなってきた。

「良い感じだぞ、晶」

「え、そう？」

「晶はなんでもすぐにコツを掴むよな？　さっすが」

「そ、そうかな？　えへへへ〜♪」

そんな感じで俺たちがにこやかに卓球を楽しんでいるとまた西山が、

「イチャついてないでガチでやってください」

と、また不愉快そうな顔で言ってきた。

本当は言い返す場面なのだが、いや——

「——西山、せめて俺とやるか？　たぶん卓球くらいしか一緒にしてやれないから……」

「だからそのかわいそうな目で見てくるのやめてくださいよっ！」

また西山を怒らせてしまった。とりあえず晶との勝敗をそろそろつけるか。

珍しく俺は晶に勝っていた。八対五で、俺が三点リード。ちなみに十一点先取。最初から勝敗は気にしていなかったし、勝ったところで嬉《うれ》しくもなんともない。

まあ、晶はほとんど初心者だし、この勝負は晶の練習といったところだ。

すると晶は不敵な笑みで俺を見た。

「兄貴、そろそろ本気でやってみない？」

「おっと、じゃあちょっと本気出してみるか？」

そのあと晶は本気を出し始めた。さっきまでの緩いスイングと違って、鋭い角度で打ち返してくる。

「くっ……⁉」

バックハンドのほうに流された。そのあともちょっとずつコースを変え、緩急を加え、頭で考えながら打ち返してくる。……なんだろう、負けたくなくなってきた。

しかし気づけば点差は縮まり、十対九で、俺のほうが先にマッチポイントを迎えたのだが、

「せーい！」

「うぐっ！」

晶が粘りを見せて、これで十対十。

デュースなしなので、次の一本を決めたほうが勝利となる。

「やっぱやるな、晶！」

「次で決めるよ、兄貴！」

晶からのサービスエース。鋭い目つきで俺を睨《にら》んでくる。

緊張の一瞬――晶がボールを手から離した。

――来る！

俺は息を止め、目をしっかりと開いて、晶の一挙手一投足に全神経を集中させた。

だが、その瞬間――

「ひゃっ⁉」

なにかの違和感に気づいた晶が、急に真っ赤になって固まった——かと思いきや、晶の浴衣《ゆかた》の帯が解け、浴衣の前が一気に開いてしまったのである。

コン——コン、コン……コロロ……——

ボールが地面を転がる。

俺は大きく見開いていた目をゆっくりと閉じて、網膜に焼きついてしまったその一瞬をすぐに消し去ろうとした。

「あ、兄貴……今のは、なしでいいですか……？」

「いや、もう俺の負けでいい……」

——サービスエースでサービスが過ぎるだろう……。

お約束の展開に俺も晶も真っ赤になったが、西山のほうから「チッ……」と舌打ちする音が聞こえてきた。

＊＊＊

ひと試合終えたあと、俺は晶と再び長椅子に並んで座った。今度は晶を挟むようにして反対側にひなたが座っている。

「ふぃ～、変な汗かいちゃった……」

「帯が解けそうなことくらい事前に気づいとけよ……」

「だって、熱中してたから！」

「あははは……たしかにさっきのは恥ずかしいよね？　私だったら泣いちゃうかも……」

ちなみにひなたはすでに温泉に入っていて汗をかきたくないとのことで卓球はやっていなかった。

西山の順番だったが、対戦相手に選んだのは――

「じゃあ、天音《あまね》、部長・副部長対決しよ？」

「えぇ～!?　私はいいよぉ～……」

――伊藤が強引に誘われていた。

ちょっと困り顔の伊藤だったが、けっきょくはしぶしぶといった感じで付き合うことになってしまったらしい。

　俺たちの前を通りかかったので、俺はそれとなく伊藤に声をかけた。

「伊藤さん、嫌ならちゃんと断ったほうがいいよ？」

「いえ、そこまで嫌というわけではないんですが……」

「どうしたの？」

「いえ。──ただ、和紗ちゃんに悪いかなって気がして……」

　謙虚な子だ。自分なんて西山の相手にならないだろうという自信のなさが伝わってくる。

　伊藤を応援してあげたい気分になった。

「じゃあ伊藤さん、頑張って！」

「えっと、私はいつも通りで……」

　照れ臭かったのか、伊藤は少し顔を赤らめた。

　俺は持っていたラケットを伊藤に手渡す。

　が、その瞬間、俺の背中にぞわりとした感覚が奔《はし》った。手がじっとりと汗ばんでいる。

　なんだか、ひどく嫌な予感がする……。

　恐る恐る見上げると、伊藤はラケットを大事そうに撫《な》で始めた。

「──あ、この子、まだ戦いたがってる……」

眼鏡の奥の目は虚《うつ》ろで、なんだか少し怖い。

「あの、伊藤さん……？」

「——え？　あ、なんでもないです真嶋先輩！　それでは行ってきますね——」

伊藤が卓球台につくなり、西山はニヤついた。

「じゃあ負けたほうが飲み物を奢《おご》るってことでいい？」

「和紗ちゃん、そういうのはあまり良くないと思うよ？」

「いいじゃん、そういうのがあったほうが燃えない？　あ、でも最初に言っておくけど私、卓球得意だよ？　やっぱやめておく？　天音、こういう勝負事って嫌いだもんね～？」

——なんて安い挑発……ザコキャラ感が半端《はんぱ》ないぞ、西山。

「大丈夫。私も卓球、得意なほうだから——」

するとするとと伊藤はため息をついた。

けれどそのため息はいつも俺が聞いている呆《あき》れたときのものとは明らかに違う。呆れを通り越して、どこか冷たい感じも含んでいる。

まるでこの世の全てが面白くもないといった感じで……。

ドロっと油がかかったように、一気に空気が重くなった。

伊藤の雰囲気ががらりと変わったことに、俺と晶、ひなたは気づいていた。たぶん気づいていないのはこの場で一人、余裕ぶっている西山だけだろう。

「りょ、涼太先輩、どうしましょう……？」

「兄貴、これ、止めないと、なんかまずくない……？」

「俺も同じことを考えていたけど、なんか怖くてな……。さっきから手の震えが止まらないんだ……」

俺たちがまごついていると勝負が始まってしまった。

西山からのサービスエース。

西山が「いっくよ〜」と明るく声をかけてボールが伊藤のコートを跳ねた瞬間──

パァ──────ン！

──快音が鳴り響いた。

ボールがコロコロと西山の背後を転がったとき、

「──……え？」

ようやくなにがあったのかを西山は理解したらしい。

西山は顔を引きつらせた。見ていた俺たちも開いた口が塞がらない。

西山のサーブに対し、伊藤はストレート方向に返しただけ。

けれどその一打は信じられないほどの高速で西山のコートを抉《えぐ》っていたのである。

「あ、天音……？　今の、は……――」

「ごめんね、和紗ちゃん。――でも、始めたのは和紗ちゃんだからね？」

私は悪くないから、とでも言っている伊藤を見て、俺たちは震撼《しんかん》した。

伊藤は何食わぬ顔で眼鏡をクイッと持ち上げると、ボールとラケットを構えた。

「それじゃあ、次――行くよ？」


そのあとの展開は目も当てられなかった。

西山がもう許してくださいと言わんばかりの表情を浮かべる中、伊藤は機械的に、淡々と獲物を仕留めにいく。

ちょっとでも甘い玉を伊藤に放れば、次の瞬間にはピンポン玉が聞いたこともない音を放って卓球台で弾《はじ》けた。

西山は伊藤がラケットを振りかぶるたびに「ひっ！」と情けなく悲鳴を上げ、頭を押さえ、卓球台の下に潜り込む。もはや、防災訓練だった。

けっきょく圧倒的大差で伊藤が西山を制したが、勝敗は火を見るよりも明らかで、ただ

ただ西山がかわいそうで仕方がない。

敗因は、伊藤を侮《あなど》っていたからだろう。

賢く謙虚で巻き込まれ体質。けれどその内に眠る恐ろしい虎の尾を踏んでしまったのが西山の運の尽きだった。


――ちなみに、これは部員の一人、伊藤と同中の南から聞いた話。

じつは伊藤は中学時代卓球部で、女子シングルスでは全国ベスト4に上り詰めた実力者だったそうだ。

ラケットを持つと性格が変わるのだと言って、南は震えていた。

伊藤は相手の苦手とするコースをたった一打で正確に打ち抜き、ラリーに持ち込ませず、しかも選手の気力をも根こそぎ奪う。

その冷酷無比なプレースタイルで学校内外から恐れられていたらしい。

そこからついた二つ名は「一撃の女帝」。

今のふんわりとした性格の伊藤からは想像できない苛烈な二つ名だ。

伊藤はラケットを持っていないときにその二つ名を聞いて、相当ショックを受けたらしく、手にしていたラケットをそっと卓球台の上に置いた。そして、

『普通の女の子に戻ります！』

と宣言して、周囲に期待されていた卓球界への道を自ら閉ざしてしまった。

そして結城《ゆうき》学園入学後、文化系の部活を探していたところで、明るくて、頑張り屋で、ちょっと心配なところはあるけれど真《ま》っ直《す》ぐな、そんな少女に声をかけられた。

『私と演劇部やらない？』

それが西山和紗。我が演劇部の部長である。

その西山はというと――

「ううっ……ごわがっだよぉ～……うぐっ、えぐっ……」

――伊藤にボロ雑巾にされて、情けなくもひなたに泣きついていた。

「大丈夫だよ、和紗ちゃん。もう終わったから。全部、終わったの……」

嗚咽《おえつ》をもらす西山の頭をひなたが優しく撫で続ける。

こんなにも悲壮感と慈愛に満ちた表情のひなたを見たのは初めてだった。まるで宗教絵画の一枚を見ているかのように、ひなたの頭上に天から光が降り注いでいる。

戦いは悲しみしか生み出さない。一方で、人間の持っている気高さと美しさをよりいっそう際立《きわだ》たせるのだろう。

その光景を俺と晶はただひたすら呆れながら眺めていた。

いっぽうの伊藤はというと――


「さて、次はどなたがお相手ですか？」


――乗りに乗っていた。

瞬間的に俺と晶はパッと顔を背け、西山は「ひっ！」と小さく悲鳴を上げる。他の部員たちはすでに内湯へと避難が完了していた。

「あの、伊藤さん、俺が全員分ジュースを奢るから、もうこの辺で……あははは……」

世の中のおおよその問題は金で解決できるらしい。ならば、俺がこれから自動販売機に投じる金にはきっとなにかしらの意味がある。

これ以上この世界に悲しみを増やしてはいけない。

そう思いつつ、俺はその場にいる全員分のジュースを奢ることに決めた。

とりあえず伊藤にラケットを持たせてはいけない。

肝に銘じておこう。

11 NOVEMBER

11月21日（日）

そうそう、卓球です！

演劇部のみんなで卓球をすることになったんだけど、
まさか兄貴と卓球をする日が来ようとは。

あまりやったことなかったけど、兄貴にいろいろ教えてもらっちゃった！

なんか恋人っぽい雰囲気だったんだけど、兄貴はどう思ってくれてたのかな？

おっと、いかんいかん。

時間があまりないのでかいつまんで。

天音ちゃん、ラケット持たせちゃダメ！

和紗ちゃん、天音ちゃんを怒らせちゃダメ！

沙耶ちゃん、利歩ちゃん、柚子ちゃん、逃げて正解！

ひなたちゃん、綺麗で、可愛くて、優しくて、ステキ……。

そんなわけで、いっぱいゲームもしたし、兄貴の素敵な一面もたくさん見れたし、
今日は最高の一日でした！

よ〜し寝るぞ〜！

待たせたな、兄貴！　今行くぜ！

第7話「じつは湯けむり慕情事件簿⑦ ～アリバイ工作～」

翌朝目が覚めると、俺と晶《あきら》は同じベッドで寝ていた。

昨日、遊技場から帰ってきたあとに晶とまたエンサム3をして、そのまま寝てしまったわけだが、そのときはまだ俺一人で寝ていた気がする。

習慣化しつつあるこの晶の布団闖入《ふとんちんにゅう》なのだが、今朝ははだけた浴衣《ゆかた》姿で目のやり場にひどく困った。

ほっそりと長い手足もそうだが、浴衣の前が開いていて、胸の谷間がどうしても気になってしまう。……さすがに無防備すぎるな。

晶に布団をかけてやって、俺は大きくため息をついた。とりあえず何事もなく朝を迎えたようでほっとする。

備えつけの時計を見ると七時を少し回ったところだった。

——朝風呂《ぶろ》、行ってくるか。

俺は晶を起こさないようにしてそっと部屋をあとにした。

＊＊＊

内湯にやってくると先客がいた。

「親父《おやじ》、おはよう」

「早いな、涼太《りょうた》？」

親父もちょうど朝風呂にきていたらしく、脱衣所で出くわした。親父もこれから入るらしい。

「昨日は遅くまで仕事？」

「まあ、とりあえずはなんとか……。ただ、帰ったらすぐに現場に行かないと」

「大変なのか？」

「まあな。会社で一悶着《ひともんちゃく》あったみたいだが、でもま、気にする必要はないぞ？」

「俺は全然気にしてないけど、美由貴《みゆき》さんはどうなんだよ？」

「それについては大丈夫だ。まあ、美由貴さんも部屋で仕事の連絡をしてたけどな」

二人揃《そろ》ってワーカーホリックなところは変わらない。せっかくの家族旅行なのだから仕事など忘れてしまえばいいのに、やはりどこにいても気になるようだ。

「晶はちょっと気にしてたぞ？」

「え？　晶が？」

「ああ。親父と美由貴さんの関係が悪くなるんじゃないかって」

「そっか。そんな心配してくれてたのか……」

「まあ、俺は慣れてるからいいけどさ、晶はそういうの気にするらしいから」

「わかった、気をつけるよ。今日の午後からは家族で過ごすことにしようか」

「それについてなんだけど、親父、ちょっと俺に良い案があるんだが――」

親父と風呂《ふろ》で午後からの予定を立て、そのあとお互いに背中を流し合って二人で湯船に浸《つ》かった。

ちょっとした親子水入らずの時間を過ごし、俺は部屋に戻ることにした。

＊　＊　＊

部屋に戻ってくるなり、起きたての晶が抱きついてきた。

「ど、どうした？」

「起きたら兄貴がいなくて寂しかった……」

「すまんな、朝風呂に行ってたんだ」

「いなくなっちゃったのかと思って心配したんだぞ……」

「大丈夫だって。俺はいなくならないから——」

寝起きは特に甘えたがりになる晶に対して、俺は頭を撫《な》でて落ち着かせてやる。

ついでに晶の寝癖を撫でつけていると、ようやく満足したのか、俺を離してくれた。

「兄貴、さっきひなたちゃんからＬＩＭＥが入ってた。十時くらいになったらチェックアウトして、みんなでお土産を買いに行くんだって」

「そっか。なら、俺たちも見送りのついでに一緒に行くか？」

「うん！」

それから少しして俺と晶は朝食をとりに大広間に行った。

今朝は親父と美由貴さんが一緒にいて、俺たちが来るのをのんびりと待ってくれていた。

演劇部の連中はまだきていない。準備に時間がかかっているのだろう。

「おはようございます、美由貴さん」

「おはよう涼太くん。昨日はよく眠れた？」

「はい」

「晶は？」

「うん。ぐっすり眠れたよ」

「それなら良かったわ。──それじゃあ、いただきましょうか？」

四人で合掌して朝食をとり始めると、親父が口を開いた。

「午後からの予定なんだが、美由貴さんと相談してレンタカーを借りることにした」

「せっかくだからこの近くの観光スポットに行ってみない？」

すると晶は目を輝かせて「行きたい」と言った。そもそも晶からどこかに行きたいとお願いするつもりだったので、両親からのこの提案は思いのほか嬉《うれ》しかったようだ。

──じつはこの件は、朝風呂で親父と相談していた。

昨晩晶が親父たちの心配をしていたので、逆に親父たちから晶に提案してみないかと話したのだが、きちんとあのあと親父は美由貴さんに話してくれていたらしい。

「太一《たいち》さん、どこに行くの？」

晶がウキウキとしながらそう訊《き》くと、親父は少し考える素振りを見せた。

「まずは水族館かな？　そのあとは海の見えるレストランに行って、夜は『星降りの丘展望台』に行こうと思うんだけど、どうかな？」

晶は『星降りの丘展望台』と聞いていっそう目を輝かせた。

「行きたい！　水族館も展望台も！」

「そっか。なら決定だな」

喜ぶ晶を見て、俺と親父は思わずニヤリと笑った。

もちろん目的は家族四人、親父たち夫婦の思い出をつくるため。その過程で晶にも満足して欲しい。そのことを親父伝手《づて》に聞いていたのか、美由貴さんも俺のほうを見て笑顔で頷《うなず》いていた。

「晶、楽しみだな？」

「うん！」

嬉しそうに朝食をとる晶を見て、なんだか俺も嬉しくなった。

＊　＊　＊

朝食が済み、部屋に戻った俺と晶は、演劇部との約束の時間まで、またゲームをして過ごしていた。

十時になりロビーに向かうと、帰り支度を整えた西山《にしやま》たちが受付の人に並んで挨拶《あいさつ》をしていたところだった。

「あ、二人とも来ましたね？　それじゃあ行きましょうか！」

そのまま演劇部と旅館を出た。

西山は昨晩のことがなかったかのように、伊藤《いとう》と仲良さそうに歩いている。……できたらアレは、俺も夢であったと思いたいが、とりあえず伊藤と話すときは卓球の話題に触れないように気を付けたい。

そうして歩いているうちに、俺と晶とひなた、西山と伊藤、早坂《はやさか》たちいつもの三人の、三グループに分かれていた。

「兄貴兄貴！」

「ん？　どうした？」

「この川、鯉《こい》が泳いでるよ！」

「そうだな、鯉が泳いでるな～」

晶と話していると、今度はひなたから「涼太先輩」と声をかけられた。

「どうしたの、ひなたちゃん？」

「あそこのお店、ちりめんってこの辺りの特産品ですかね？」

「この辺りは江戸中期くらいから発展したらしいよ」

「へ～、涼太先輩ってやっぱり歴史に詳しいんですね？」

「まあ、好きだからね。ここに来る前に、ちょっと下調べをしてたんだ」

そんな話をしていると、今度はまた晶に袖を引っ張られた。

「兄貴兄貴！」

「今度はどうした？」

「あそこの柳、夜になると幽霊が立ってそうだね？」

「まあ、出るかもしれないな……」

するとまた「涼太先輩」とお声がかかった。

「あのお店だと海老《えび》せんべいが売ってますが、あれも特産品ですかね？」

「『本家海老せんべいの店』って書いてあるね？　へ～、創業一三〇年って、そんな前からえびせんってあるんだ」

ひなたと感心していると、また晶に袖を引っ張られる。

「兄貴兄貴、あの赤いポスト、なんか古くて可愛《かわい》いね！」

「あ、ああ……古くて可愛いな」

「涼太先輩、この川の橋って、ずいぶん古いですね？」

「ああ、全部で五つあるんだけど国の有形文化財に指定されたみたいで――」

「兄貴兄貴、ほら、あそこ、提灯《ちょうちん》がいっぱい並んでるよ！」

「提灯、並んでるな～……」

どうしても、二人の興味のあるものを比べてしまう。

晶はなにを見ても楽しいようだが、ひなたは郷土や歴史に関心があるらしい。

なんというか、美少女二人の新たな違いを垣間見《かいまみ》た気がした。

＊＊＊

割と大きな土産物屋に入った。

俺は、晶とひなたがそこで物色している様子を、少し離れたところから眺めていた。

「え～と、これにしようかな～」

「それ、上田《うえだ》先輩へのお土産？」

「うん。どれがいいと思う？」

「僕だったらね～――」

こんな感じで、光惺《こうせい》への土産を楽しそうに選んでいる。

晶は、たまに自分のことを「チンチクリン」と言ってくる光惺への土産だとわかっていても、あまり気にしていない様子だった。ひなたの兄ということもあるだろうが、心の底から嫌っているというわけではないらしい。

光惺への土産を選んでいる二人から離れ、俺も誰に渡すともなく棚に並ぶ土産を眺める。

ちりめんがあしらわれた財布やガマ口など、和のテイストで埋め尽くされた商品棚を見ていたら、二人がそばに寄ってきた。

「へ～、なんだか可愛いですね？　ちりめんですか？」

「ああ。なんとなく見てて、面白いなって思って」

すると『大人気！』と書かれたポップの棚に、ちりめんで縁《ふち》が覆われている写真立てを見つけた。

「あ、これ、可愛い！」

晶が反応するとひなたも「ほんとだ！」と意気投合していた。

「光惺へのお土産だったら、ちょっと可愛すぎやしないか？」

「そうですね。でも気に入っちゃったので、自分のお土産に一つ買っちゃいます」

「光惺へのお土産はどうする？」

「そうですね～。――じゃあ、このハンカチで」

ひなたが大事そうに手に持ったのは、シンプルな濃紺のハンカチ。肌触りも良さそうでなかなか趣味がいい。小物にうるさく、柄物はあまり好まない光惺のことをよく考えた選択だった。

「これ、どう思います？」

「いいんじゃないかな？　これならあいつも普段から使うと思うよ」

「だといいんですけどね～」

そう言いながらもひなたが微笑《ほほえ》んだのを見て、俺と晶はそっと笑いながら顔を見合わせた。

＊＊＊

お土産を買い終わり、『藤見之崎温泉《ふじみのさきおんせん》』駅にやってきた。

すでに西山たちが待っていたところにひなたが加わり、全員が揃《そろ》う。

それぞれの手にはたくさんのお土産の袋が下げられていた。渡す相手が多いというのは素敵なことなのかもしれない。

「それじゃあ真嶋《まじま》先輩、晶ちゃん！　うちらはここでお別れです！　また連休明けに会いましょう！」

「では真嶋先輩、晶ちゃん、また」

「晶、またね！　涼太先輩、いろいろとありがとうございました！」

こうして去っていく六人に、俺と晶は手を振って見送った。

そうして去っていく電車が見えなくなるまで、晶はずっと笑顔で手を振っていた。

見えなくなると、今度は少し寂しそうな顔になった。

「みんな、帰っちゃったね」

「ああ。騒がしかったけど、まあ良かったんじゃないか？」

「兄貴、これからどうするの？」

「親父《おやじ》からは適当に昼食を食べてこいって言われてる」

「そのあとは？」

「ん？　まあ、午後から車で出かけるわけだし、飯を食ったら真《ま》っ直《す》ぐに宿に――」

「じゃあじゃあ、二人きりだしデートしよ！」

「デ、デート……？」

「そ！　ちょっと時間あるでしょ？　だったらご飯食べて、温泉街をぶらぶらしよ！」

と、晶は目を輝かせた。

＊　＊　＊

これが「デート」と呼んでいいものかわからないが、俺たちは駅から温泉街にかけてぶらぶらと歩いていた。

晶は始終楽しそうに目に入ったものを指さしては「面白い」「可愛い」などと感想を言っていたが、俺はどちらかというと、周囲の視線のほうが気になっていた。

どうしても晶と二人で歩くと聞こえてくるのは、「今の子めっちゃ可愛い」「綺麗《きれい》な子」という晶に対しての褒め言葉。

以前もカフェで似たようなことがあったが、やはり晶はどこにいっても可愛いらしい。

──いや、実際可愛い。

そんな隣を歩く俺は、これまたやはり居心地の悪さを感じるのだが、前に比べればだいぶマシになってきたような気がする。

飲食店をいくつか回ってみたが、平日とはいえ昼時はそれなりにどこも混み合っていて並ばないと入れない。

そこで俺と晶は軽食の食べ歩きをすることにした。

昨日、肉串を買って食べたのもあり、ここでしか食べられそうにない、いろいろな味を試してみたかったのである。

目についたところで、軽食を出す屋台やテイクアウトできる店を回った。

地元の有名ブランド牛を使った牛肉のメンチカツや牛まん、シンプルに茹《ゆ》でただけのカニの脚、カニの脚が一本丸ごと入ったもちもちの棒天ぷら、ご当地ハンバーガーは二人で分けて食べたりした。

「兄貴、これ美味《おい》しいよ。はい、あ～ん」

「あ～……──美味《うま》いな、これ」

「でしょ♪」

──認める。

これはデートだ。

多少開き直った俺は、晶と過ごす時間を楽しむことにした。

少し歩き疲れたので、道端にある足湯に浸《つ》かって、温泉街の街並みとそこを通る人たちをのんびりと眺める。

ふと、晶が口を開いた。

「ねえ兄貴、僕ら、恋人同士に見えるかな？」

「見えるだろうな」

そう返すと晶は急に真っ赤になった。

「ちょっ、なんでそこで『いやいや兄妹《きょうだい》だろ？』とか言わないの⁉」

「自分から言ったんだろ？」

「それは、そうだけど、あっさり認められるのも～……」

からかおうとしていたことは目に見えている。

だからあえて乗ってみたのだが、内心では俺も緊張していた。

「というか、なんだって良くないか？　男女が仲良く足湯に浸かっていたら、カップルでも兄妹でも友達でもなんでも」

そう言うと、今度はちょっとむくれてしまった。頬が真っ赤な風船みたいに膨らんでいる。

「兄貴、お手！」

「え？　あ、はい……」

素直に右手を差し出すと、晶が恋人繋《つな》ぎをしてきた。

「こうすれば完璧に恋人同士だよね⁉　そう見えるよね⁉」

「ま、まあ、たぶんな……」

誰に対抗心を燃やしているのかわからないが、とりあえずはそう見られたいらしい。

「でもお前、『兄貴』って呼んでる段階で、兄妹が恋人繋ぎしてるだけだからな、これ」

それだけでもけっこう恥ずかしい気がする。

お前ら兄妹でなにをやってるんだ――いやいや、義理ですから――義理の兄妹で恋人繋ぎをするのか――しますよ、たまには――などと脳内でやりとりしてみたが、やはり説明に戸惑ってしまうな。

「というわけで、俺たちはただの兄だ――」

「一番、姫野《ひめの》晶！『恋人になるちょっと手前のあざと可愛《かわい》い女の子』やります！」

「……は？」

まったくもって意味がわからない。

置いていかれている俺を尻目に、晶はふっと上目遣いになり、頬を赤くした。

「――ねえ、涼太……」

「うぐっ⁉」

いきなりボディーブロー並の名前呼びが俺の鳩尾《みぞおち》を叩《たた》いた。

しまった、と思ったときには怒濤《どとう》のコンボが始まった。

まず晶の頭の重みが俺の肩にかかり――

「私たち、みんなにどう見られてるかな？」

――からの、手の感触を確かめるような、手の平ににぎにぎ攻撃。

さらに、もう一方の手の人差し指を俺の胸に当て、くるくると円をなぞってからの――

「……ちゃんと恋人同士に見えてるかな？」

――という耳元の囁《ささや》き。

たたみかけるようにして――

「どうしたの涼太？　さっきから顔、赤いよ？」

耳元でのクスッという笑い声が耳にかかる。

これは、まずい――

「――そ、それは、足湯で身体《からだ》が火照《ほて》ってきたので……」

コンボが入ったときに、むちゃくちゃにコントローラーのボタンを押しまくる感じで、なんとか技を止めようとする心理が働く――が、そこで晶の横顔がカットイン――

「私もちょっと、火照ってきちゃったかも……」

――フィニッシュブローが決まってしまった。

「な～んて、どうかなこれ？」

晶は素に戻っていたが、俺はなにがなにやらわからないくらい真っ赤になって固まってしまった。

「兄貴、こういうあざといの、好きでしょ？」

──なにを言ってるんだ、お前。あざといのが好きなんじゃなくて、お前がやるからドキドキするんだ、こっちは……。

「じゃあ二番、真嶋涼太くん。『気になる女の子を口説きにかかるイケメン男子』どうぞ」

「やらねぇよ……」

「じゃあ僕の勝ちでいい？」

「俺の負けでいいです……」

「えへへ～♪　勝負あり！」

最初からこんな勝負をするつもりなかったし、こんなあざとくて可愛い義妹《いもうと》に勝てるわけがないだろうに。

しかし、まさか足湯でこんなコンボをされるとは思いもよらなかったな……。

＊　＊　＊

そのあと俺たちはぶらぶらと裏通りにやってきた。アスファルトで舗装された表通りとは違って、この石畳の道もなんだか雰囲気があって良い。

石畳の道に入ってすぐに看板が立っていたのだが、どうやらこの道はかの文豪・富和田《ふわた》甚太《じんた》も執筆のかたわらに散歩したという道らしい。

説明書きを読んだあと、またぶらつきはじめたら、ふと晶が口を開いた。

「ねえ兄貴、僕も小説書いてみよっかな？」

「ほう、どんな小説だ？」

「そうだな～……。『じつは義妹《いもうと》でした。』っていうの、どう？　サブタイトルはそうだな～……『最近できた義理の弟の距離感がやたら近いわけ』とか？」

晶がニヤッと笑ったが、俺は動揺しないように努めて平静を保った。

「……聞こうか」

「主人公は高校一年生の女の子。小さいときに両親が離婚して大好きなお父さんと離れ離れになっちゃったの。そしたらある日、親が再婚することになって、義理のお兄ちゃんができることになった――そんなお話」

「……続けてくれ」

「最初は馴《な》れ合いとか勘弁って感じだった女の子だったんだけど、毎日お兄ちゃんが積極的にアプローチしてきてもう大変。一緒にゲームをしてる最中に『お前って、綺麗な顔してるな？』とか押し倒して言っちゃうとか……」

「とんでもないお兄ちゃんだな、それ……。あと、その設定はできたら不可抗力だったって訂正してあげてくれ」

「でもね、だんだん気を許し始めた女の子はある日、お兄ちゃんにこう言われるんだ」

「っ――⁉　だいたいわかるから、その先は聞きたくな――」

「『一緒に風呂《ふろ》に行くか！』って」

「――ふぐっ⁉」

なんだろう？　どこかで聞いたことがあるセリフだが……？

「女の子はちょっと恥ずかしかったんだけど、けっきょく断りきれなくて一緒に入っちゃうの。――で、ここで兄貴に質問。どうしてこの女の子は断りきれなかったんだと思う？」

「さ、さあ～……。俺、歴史は得意だけど国語はちょっとなぁ……」

「よ～く考えてみて？」

「えっと、それは、なんというか～……」

俺が答えられずにいると、晶はクスッと笑った。

「気づいたら、とっくに好きになっちゃってたの。その人しかちゃんと自分のことを見てくれてる人はいないって」

悶絶《もんぜつ》しそうになった。

たぶん、俺がこの場に一人だけだったら、石畳に頭をぶつけて悶《もだ》えていただろう。

「でもその女の子は勘違いしちゃってたんだ。どうしてお兄ちゃんがこんなに自分に対して積極的に関わろうとしていたのか考えに考えて、もしかしてこの人、私のこと好きなの？　って」

羞恥《しゅうち》が一気に込み上げてきて心臓がバクバクいっている。

この話はだいぶ心臓に悪い。変な汗が流れてきた。

これ以上は聞いていられないほどに、本当に恥ずかしい。

「でね、じつはこのお兄ちゃん、ずっとその女の子のことを義理の弟だと思ってたんだ。——で、お風呂に一緒に入って発覚。驚くお兄ちゃんに対して、『そうだけど、今さら？』って感じで」

「っ————————!?」

「まあ、お互いに勘違いしちゃったけど、結果オーライ。義妹だって気づいてよそよそしくなっちゃったお兄ちゃんに対して、女の子はどんどん積極的にアプローチしていくんだ。

好きになった責任、とってよね！　って。――どうかな、こんな話？」

「ど、どうかなって、それ――」

赤裸々に俺たち兄妹《きょうだい》の関係を綴《つづ》ってみただけじゃないのか、それ？

――私小説じゃないのか、それ？

「ねえ、面白いと思う？」

「まあ、悪くないんじゃないかな……？」

「じゃあどうしたらもっと面白くなるかな？」

「えっと……その女の子を好きになったべつの男子が出てきて兄と取り合う、とか？」

「そんなの要らない」

「じゃあ、兄には恋人がいて、ドロドロの三角関係に……」

「そんなのも要らない」

「だったら――」

「女の子が喜ぶお話は、最終的に王子様と結ばれることだよ？　だからね――」

すると晶は俺の腕をとった。

「――ハッピーエンドしか勝たん！　ってことで、兄貴がその女の子が幸せになる物語の続きを考えてみてよ」

晶は人生最大のテーマのようなものを俺に丸投げしてきた。

呆《あき》れるほどに清々《すがすが》しい。

「晶、一つ、訊《き》いてもいいか？」

「なに、兄貴？」

「それは純文学か？　純文学の終わり方はたいてい暗いぞ？　熱心に集めていた蝶《ちょう》のコレクションを指で潰《つぶ》したり、老婆から着物をはぎとって逃げたりとか、そんな感じで……」

「そういう重い系の話じゃないんだけどなぁ。このお話。——まあ、紆余曲折《うよきょくせつ》ありつつ、兄妹の楽しくてラブラブな恋愛小説でもいいかもね？」

晶はそう言うとくすりと笑った。

「じゃあ兄貴に宿題。——この物語の続き、考えてみて」

「え⁉　宿題なのか⁉」

「で、兄妹合作でネットの小説投稿サイトに載っけちゃお～♪」

「やめてくれ……。そのお兄ちゃんのとんでもない勘違いが世界規模で広まってしまうから……」

思わず登場人物に、特にお兄ちゃんのほうに感情移入してしまった。

その女の子のハッピーエンドは俺も望んでいるが、正直、どうなのだろう？

そんな勘違いお兄ちゃんと結ばれて、果たして幸せになるのだろうか？

そのお兄ちゃんとやらのたどる末路がバッドエンドにならないことを祈りつつ、俺は晶と腕を組んだまま、裏通りをゆっくりと歩いていった。

そのあと旅館に戻ると、親父《おやじ》と美由貴さんがロビーで待っていたが――

「涼太、晶、遅かったな？」

「ごめん、二人とも。店が混んでて食べ歩きしてたんだ」

「いろいろ食べたけど全部美味《おい》しかったよ♪」

「そっか。それは良かったな。――じゃあもう少ししたら出るからな」

「ああ」「うん」

――見送りが終わったあとに兄妹でデートしたこと、晶から宿題を出されたことについては、俺と晶だけの秘密である。

11 NOVEMBER

11月22日（月）

旅行から帰ってきて思い出しながら書いています。

その日は朝から兄貴がいなくて泣きそうになっちゃった……。

けど、そのあとはいっぱい甘えさせてくれて嬉しかった！

ギューして頭ナデナデは、ヤバい……。

兄貴は最近普通にしてくれるようになったけど、恋人っぽいことしてるって、兄貴気づいてるのかな？

まあ、兄貴が気づいていないならこのままにしておくとして、今日は水族館と、お洒落なレストランと、そしてなんと私の思い出の場所に行くことになった！

すごい！　嬉しい！

午前中は演劇部のみんなのお見送り。

その前にちょっとだけお土産を一緒に選んだりして楽しかった〜！

それにしてもやっぱりひなたちゃんはカワイくて素敵。

一緒に歩いていても、お土産を選んでるときも、全部参考になる。

兄貴は正直なところどう思ってるんだろ？

ひなたちゃんとは四年の付き合いだって言ってたし、カワイイとは前に言ってたけど、本当に恋愛的な感情はないのかな？

ひなたちゃんは兄貴のこと、どう思ってるんだろう？　すごく気になる……。

でも、兄貴と一緒にデートできた。これは私と兄貴だけの秘密の時間。

兄貴、私の出した宿題、真面目に考えてくれてるかな？

女の子をハッピーエンドにするために、兄貴はどんなことを考えてくれるんだろ？

私は、どんな道筋をたどっても、最後に幸せになれればいいと思う。

王子様と結ばれる、そんな結末にちゃんとつながればいいな、なんて……。

兄貴と温泉デートができて、浮かれてたんだなって、ちょっと反省しちゃってます。

第8話「じつは湯けむり慕情事件簿⑧ ～崖っぷち～」

「うわ～綺麗《きれい》！　兄貴、見て見て！　お魚がいっぱい～！」

巨大な水槽の前で、晶《あきら》はいちだんとはしゃいでいた。

ここは『藤見之崎温泉郷《ふじみのさきおんせんきょう》』から車で十分ほどのところにある『藤見之崎シーワールド』。

定番のイルカやアシカのショーが楽しめるほか、アザラシのロッククライミングなども見どころの水族館とのことだった。

「兄貴、見て！　ペンギンがいっぱい！　可愛《かわい》い～！　なにあれ～！」

今はペンギンの散歩の時間らしく、飼育員さんの背中にくっついて、館内をペタペタと歩いている。目と鼻の先に愛らしいペンギンたちがいるので、晶だけでなく周りの家族連れも楽しそうにその様子を眺めていた。

なんだかペンギンたちには悪いが、彼らを見て喜んでいる晶のほうに俺は癒《いや》されていた。

館内のイベント時間が書かれているパンフレットと腕時計を交互に見つつ、晶が喜びそうなものを発見した。

「晶、もうすぐイルカとアシカのショーがあるみたいだぞ？」

「行く！」

晶は動物園や水族館は苦手だと前に言っていたが、実際に来てみたら考え方も変わったようだ。本来の目的をすっかり忘れ、両親の思い出づくりというよりも、純粋にここに来たことを楽しんでいる。

まあ、親父も美由貴《みゆき》さんも晶がはしゃぐ様子をスマホで撮って楽しそうにしているから、これはこれで俺たち家族、両親の、素敵な思い出になるのかもしれない。

こんな感じで、真嶋《まじま》家にとって晶の無邪気にはしゃぐ姿が、なによりも一番の思い出となりつつあった。

＊＊＊

「イルカ、すごかったね！　アシカもすごかった〜！」

イルカとアシカのショーを楽しんだあと、晶はますます上機嫌になっていた。

俺はそれとなく親父たちの顔を見たが、やはり晶の喜ぶ顔を見て楽しそうにしている。

少し思うことがあった。

親父や美由貴さんは、晶がこんなにはしゃいでいる姿をあまり見たことがないのではないか。いろいろなことに興味があって、見るもの触れるものに喜んだり、楽しんだり、落ち込んだり、悩んだりしたところをあまり見たことがないのではないか。

俺はずっとそばで晶を見てきた。

晶が見ているもの、感じているものを一緒に見て感じて、この四ヶ月を一緒に過ごしてきたのだ。

親である二人を差し置いて、俺がずっと晶のこんな表情を独り占めしてきたのではないか。

そんなことを思っていると、美由貴さんから声をかけられた。

「どうしたの、涼太《りょうた》くん？　楽しくない？」

「あ、いえ、ちょっと思うところがありまして」

「なにかしら？」

ちょうど晶が親父と二人で水槽にくっついていたので、俺は美由貴さんと二人きりで話すことにした。

「晶のああいう姿は、昔からですか？」

「昔は、と言ったほうがいいかな……。あの人と離婚する前はあんな感じだったの。最近になって、また昔みたいにニコニコしてる姿を見るようになったわ」

「そうですか……」

「涼太くんのお陰よ」

「いいえ、俺はなにも……」

「いいえ、私も太一《たいち》さんも本当に涼太くんに感謝しているの。あんなに落ち着きのない子だけど、あれが本来の晶の姿だから、家の中が明るくなって嬉《うれ》しいの」

「あははは、たしかに高校一年生っぽくないですね、あのはしゃぎっぷりは……」

晶はこちらを気にせずに、親父と楽しそうに水槽を眺めている。あの二人もすっかり打ち解けたみたいだ。

「そうだ。涼太くんは私が普段あまり家にいないこと、どう思ってる？」

「俺ですか？　俺は、特には。親父も昔っからああですし、これでも仕事するって大変なことなんだってわかってるつもりですから。仕方ないと思ってます」

「晶もね、私のお仕事についてはあまり触れないの。あの子も涼太くんみたいにお仕事をしているから仕方がないって思っているかしら？」

「理解はあると思います。自分のことより、親父や美由貴さんのことを心配していましたから。昔はどうかわかりませんが、少なくとも今は」

するとと美由貴さんは気の毒になるくらい申し訳なさそうな顔をして、「一度だけね」と呟《つぶや》くように言った。

「一度だけ、晶の授業参観に行けなかった日があるの……。小学四年生くらいのときね」

「どうしてです？」

「行くつもりだったんだけど、お客様からクレームが入っちゃってメイクの直しに時間がかかっちゃったの。それで時間に間に合わなくて……」

「それ、仕方がないんじゃないですか？」

「そう割り切れるものかしら？　晶はあのあと口を聞いてくれなかったし……」

「まあ、行くって約束をしたなら、たしかに約束を破られたって感じになっちゃいますね」

「涼太くんはそういうとき、なかったの？」

俺は小学校のときのことをちょっとだけ思い出した。

「親父が離婚したあと、俺は親父に授業参観に来るなって言いました」

「え？　なんで？　やっぱり恥ずかしかったの？」

「いえ、そういうんじゃなく、仕事を優先してくれって頼みました」

「じゃあ一度も来てくれなかったの？」

俺はちょっとだけ懐《なつ》かしくなって、美由貴さんにそのときのことを話すことにした。

「いえ、それがじつは一回だけ来たことがありました。そうですね……。あれは、小学校四年の二学期だったと思います――」

＊　＊　＊

――授業参観の日、親父はいつも来ませんでした。

俺が来るなって言ったのもあったんですが、そもそも映画業界全体が何年間かあまり景気が良くなくて、公開本数は多い割に興行収入が低いとかなんとかで……。

とにかく映画美術をやってる親父の会社もその煽《あお》りを受けて、だいぶ厳しい時期があったんです。

そんな時期に、昇進したばっかの親父は忙しくて、朝から晩まで働いて、働いて、働いて――家でもほとんど会わない時期がありました。

ちょうど二学期の中頃、担任の先生がうちに家庭訪問しに来ました。

親父の仕事の都合に合わせて来たみたいでしたが、親父がまた忙しいとかで帰ってこられなくなって。

とにかく熱心な先生だったんですが、「なにしに来たんですか？」と訊いたら、「今度の授業参観に来てほしいとお願いしようと思って」と言いました。

俺、キレました。

親父の仕事は大変だから授業参観なんかに呼ばなくていいって。

その先生、しぶしぶ帰って行きました。たぶん、子供のわがままぐらいにしか思われなかったと思います。それに、ほかにも話したいことがあったのかもしれませんね。

それからしばらくして授業参観がありました。

親父は行くとは言っていましたが、やっぱり来ませんでした。

それで、その日の授業が作文の発表で、自分の親について書いたものを発表する日でした。

たぶん先生はそのテーマですから親父に来て欲しかったんだと思います。

俺が発表した作文の題名は『オレの親父』でした。

ちょうどそのときの作文、スマホに写真があるんで見せますよ。

――あっ！　晶には読んだことは絶対に内緒でお願いします！

じつは来るときの新幹線で読まれかけたんですが、恥ずかしくて読まれる寸前で隠したんです。美由貴さんだけに読ませたら、あいつ、絶対に拗《す》ねるんで……。

そういうわけで、読んでも晶には内緒でお願いしますね――

「オレの親父《おやじ》」

四年二組　真嶋　涼太

オレの親父はいそがしい。

毎日仕事で家にいない。いると思ったら寝てる。

休みの日は遊んでくれない。たまに銭湯に行って背中を流してあげる。

親父は仕事ばかりだけど、オレはそれでいいと思ってる。

親父が仕事をがんばるのは、親だから。

母さんがいないから二人分がんばるしかないんだと思う。

親だから、父だから、母さんがいないから、オレに責任を感じてる。

オレだけじゃなくて、まわりの、いろんなことにも責任を感じてる。

映画美術の仕事をしてる。すごい仕事だと思う。

べつに映画美術の仕事がすごいんじゃなくて、世の中の仕事はみんなすごいと思う。

だから俺は親父がすごいと思うし、働いている人がみんなすごいと思う。

でも、親で、父で、仕事をして、責任感があって、そんな親父をオレは宇宙一カッコいいと思う。

オレはいつか、親父みたいな親父になりたい。

――すみません、昔から国語は苦手で。あと字も汚くて……。

ほんと下手くそな作文ですが、あのころの俺なりに一生懸命考えた内容で、笑わないでくださいね？

＊　＊　＊

「――そんな感じで、親父がいない中で、この小っ恥《こっぱ》ずかしい作文を読みました」

見せたスマホをしまいながら、俺はなんだか照れ臭くなった。

「そしたら親父のやつ、ゼーハー言いながら俺が読み終わったタイミングで教室に入ってきたんですよ。で、第一声が『遅れました！　申し訳ございません』って、誰に謝ってんだか――」

俺がはははと笑って美由貴さんを見ると――あれ？　泣いてる⁉

「りょ～だぐ～ん……」

「おわっ！　ちょっと美由貴さん⁉」

俺はいきなり美由貴さんに抱きしめられてしまった。

果てしなく柔らかい……。これが美由貴さんの――ってそうじゃなく！

「美由貴さん、なんで泣いてるんですか⁉」

「だって、だって～……！」

「メイク！　ほら、メイクとれちゃいますよ⁉」

「なんていじらしいのっ！」

「いや、俺、今小四じゃないですって！　高二なんでさすがにこれはっ！」

「いいから！　いっぱい甘えていいからぁ～！」

甘えろって言われても、最近できた義母だと、それはちょっと難しい……。

最近になってあまり意識しなくなってきてはいたが、やはり、こう、大きくて、柔らかいと、どうしてもなぁ～……。

母親の温《ぬく》もりだと感じたいが、どうしてもべつの欲求を起こさせる。

そもそも笑い話のはずが、どうして美由貴さんはこんなに泣いているのかさっぱり理解ができない。話のオチでも活躍できない親父は、これまた不憫《ふびん》で仕方がない。

ただひたすらに気まずくて、しかしどうしていいのかわからずに困っていると、

「「あぁあああ――――っ⁉」」

知ってる叫び声が二つ、重なって聞こえてきた。

恐る恐るそちらを見ると、顔を真っ赤にした晶と親父がこっちに詰めかけてくる。

「なにしてんの母さん！　兄貴も！」

「そうだそうだ！　なにしてる涼太！　あ、美由貴さん、ちょっと離れて……」

「だって、だって涼太くんってば、こんなにも可愛《かわい》いんだもの～～～！」

「美由貴さん、言い方っ！」

「そんなの浮気《うわき》だ浮気！　てか、母さん！　いい加減兄貴から離れて！」

「そうだぞ涼太！　いつまで美由貴さんにくっついてる！　あ、美由貴さん、ちょっと離れて……」

「あの～、とりあずみんな冷静に。ここ水族館なんで、周りの人、みんな見てるんで……」

――メーデーメーデー。

なんとか築き上げてきた家族の絆《きずな》が遭難しかかってます。

誰か、ほんと、助けに来てください……。

＊＊＊

水族館ではだいぶ持て余したが、そのあとなんとか誤解（？）のようなものが解けて、元どおりの真嶋家に戻った。

――しかし、本当に危なかったな。

遭難しかかった家族の絆がなんとか見つかって良かったものの、危うく行方不明のまま真嶋家は解散することになりそうだった。

とりあえずは晶も親父もそういうことならと納得してくれたが、一方で美由貴さんの俺を見る目がちょっと変わった気がする。

水族館から出るとき、「これからはママって呼んでね？」と言われたが、高二男子でしばらく母親のいなかった俺が、いきなり美由貴さんを「ママ」呼ばわりするのはどうか……。

晶でさえ「母さん」と呼んでいるのに、俺がママと呼ぶのはだいぶ抵抗がある。

そんなことが西山《にしやま》たち演劇部員にでも伝わった日には、俺は「規格外のシスコン」のほかに「極上のマザコン」くらいの称号を得てしまいそうだ。

――そもそも「規格外のシスコン」って誰がつけた？　自分で言っといてなんだが、「極上のマザコン」も相当にヤバいネーミングだ……。

俺は複雑な面持ちでレンタカーの後部座席に座っていたが、そのうち目的地のレストランに着いた。

そこからだいぶ待った。

日本海に夕日が沈むのが見られるそのレストランは、景色だけでなく、海の幸《さち》や山の幸などをふんだんに使ったコースメニューが人気で、なかなか席が空かない。

待っているあいだ、俺たちは太陽が日本海に沈む様子を静かに眺めていた。

「ううっ、寒い～……」

暑がりで寒がりな晶は夕日の沈む様子を鼻を真っ赤にしながら眺めていたが、そのうちようやく順番が回ってきて、俺たちは店内に移動した。

店内は落ち着きと温かみのある良い雰囲気で、案内されたのは窓から日本海を望むことができる四人席。

窓から外の景色を眺めると、すでに夕日は沈み、海の向こうで紺色の空とオレンジの残光が入り混じった複雑な色合いになっている。

「あれ、マジックアワーって言うんだぞ」

親父がそう言うと、晶は「マジックアワー？」と訊《き》き返した。

「ああ。日の出と日の入りのわずかな時間にしか見られない魔法の空だ」

「へ〜、すご〜い！」

たしかに魔法にかけられたような美しい空だった。

それを眺める晶の顔も綺麗《きれい》で、それだけでもここに来た甲斐《かい》があるというものだ。

それから俺たちはメニューを開いて料理を選びはじめた。

「私はこちらの魚のコースで、パスタはクリームソースがいいわね」

「じゃあ俺は肉のコースにしようかな。パスタは――」

両親が先に選び終えたが、俺と晶は昼にたくさん重たいものを食べたので、コースを選ぶ勇気がなく、二人でそれぞれ違ったパスタを選んだ。

夕食はいろいろな話で盛り上がった。映画業界の話、メイク業界の話など、普段親父や美由貴さんからじっくり聞くことのない話を聞けて面白かった。

そうして、料理をシェアしながら楽しく食べていると、不意に親父がポケットからスマホを取り出した。会社からまた連絡がきたらしい。

美由貴さんも親父と同じくスマホを取り出してＬＩＭＥの通知に顔をしかめていた。

やはり二人とも仕事が気になるようだ。

けれど親父と美由貴さんは顔を見合わせて苦笑いでスマホをポケットにしまう。

今は家族と過ごす時間を優先するのだと言っているようだった。

＊＊＊

食事が終わり、会計を済ませて外に出ると、すっかり夜になっていた。

ここからでも星空は綺麗だが、これから行く場所はさらに星空が綺麗に見えるのだろう。

親父は車に乗るよう促した。

これから四人で『星降りの丘展望台』に向かう。――晶の思い出の場所だ。

「楽しみだな～♪　あ、星空ってちゃんとスマホの写真で撮れるのかな？」

「どうだろ？　光の調整とかしないとダメだろうけど、やっぱ肉眼が一番だろうな」

「そうだね♪　あ～、ほんと楽しみ～♪」

ウキウキしている晶の相手をしていると、親父の運転する車は蛇のように曲がりくねった山道を登っていく。

この山頂には、いよいよ晶が見たがっている景色があるのだと思うと、俺もなんだか楽しい気分になってきた。

＊＊＊

店を出発してから約四十分後、ぐねぐねとした山道を通り過ぎた先に、『星降りの丘展望台』と書かれた看板が見えてきた。

その看板を抜けた先には広い駐車場があり、親父《おやじ》は空いているスペースに車を停《と》めた。

すでに何台か車が停まっていて、星空を求める人たちが展望台の辺りにいる。

俺たちは車から降りてそちらに向かったのだが、駐車場から見上げた段階で、すでに美しい星空が地上を見下ろしていた。

「うわ～～……──」

晶が立ち止まって感嘆の声を上げる。俺もその隣で思わず目を見開いた。

十一月の寒空に満天の星が輝く。

俺たちの住んでいる街からでは、こんなに綺麗な星々を望むことはできない。

こうして星空を眺めて感動するなんていつぶりだろうか。

しばらく四人で空を見上げていると、晶が「そうだ」と口を開いた。

「ここからは別行動しない？　太一さんと母さん、僕と兄貴で」

晶が提案すると「じゃあ」と美由貴さんが晶に近づいて、自分の首に巻いていたマフラーを晶に巻いた。

「寒いから首だけでも温めておきなさいね？」

「でも、それだと母さんが寒いんじゃ……」

「私は太一さんと一緒に使うから」

そう言うと親父はそばに来た美由貴さんの首にマフラーを伸ばし、二人で一つのマフラーを巻いた。

親父は俺のほうを向いた。なるほど、こういう使い道もあるな。

「悪いな涼太、このマフラーは美由貴さんと二人で使うから」

「俺は大丈夫だ。要らないよ」

少し強がってみせたが本当は寒い。ただまあ晶からとるわけにも、一緒に巻くわけにもいかず、俺は着ていたコートの襟《えり》を立てた。

「それじゃあ行こうか、美由貴さん」

「ええ。行きましょう」

二人は仲良く腕を組みながら展望台のほうに向かった。

あとに残された俺と晶は二人が仲良さそうに歩くのを見送って、その場で立ち尽くしていた。

「さて、俺たちはどうする？」

「僕らも星を見に行こうよ」

「展望台のほうか？」

「ううん。この先にお父さんから教えてもらった穴場スポットがあるんだよね～」

晶が指さしたのは、展望台とは反対側の森。山道を少し上がったところに、あまり知られていない観測スポットがあるらしい。

――でもなぁ……。

俺は両親のほうを向いた。

今二人は仲良く展望台に向かっている。

あまり両親と離れるべきではないのではないか、と一瞬考えたが――

「よし、行ってみるか」

「そうこなくっちゃ！」

――せっかくなのでそちらに行ってみるのも面白い。

そもそも晶が行きたがっていたのは建《たける》さんとの思い出の場所。それがこの先にあるのだというのなら、行ってみたいと思った。

そうして森の入り口の手前、たしかに人が通れる山道があったので、俺たちはその手前で立ち止まり、スマホを準備した。

「じゃあ兄貴、暗いからスマホのライトをつけて」

「俺が先に行こうか？」

「ううん、場所知ってるの僕だから」

そうして俺たちは鬱蒼《うっそう》と草木が生茂《おいしげ》る山道に足を踏み入れた。

――あれ……？

そのときなぜか、急に胸の内が寂しくなった。

なんだかひどく心細くなって、慌てて後ろを振り返る。

灯《あかり》が点《とも》っている展望台のあたりからはまだ人の気配がする。

今ならまだ引き返せるのではないか。

「兄貴、どうしたの？」

「あ、いや、なんでもない」

――きっと気のせいだ。

普段夜の森の中に足を踏み入れることなどないので、心が少し弱くなったのだろう。

晶の手前、俺が兄として堂々としないと――と、自分を奮い立たせ、俺はスマホの光と晶の案内を頼りに、そのまま木々のあいだを進んでいった。

＊＊＊

森の中は静かだった。

動物の鳴き声はおろか、虫の鳴く声も聞こえない。

ただ聞こえてくるのは、木々や茂みが風でさやさやと擦れる音と、俺たちが地面を踏み歩く音だけである。

山道に入って十五分ほど歩いたが、すでに外灯の光も届かないところにいた。

俺たちは月明かりとスマホの光を頼りに進んでいたが、晶がそこで急に立ち止まった。

「兄貴、どう？　怖い？」

「いや、べつに」

たしかにホラー映画だとそろそろなにか出てきてもいい頃合いだが、取り立てて恐怖のようなものは感じない。おそらくは晶と一緒だからだろう。

一人だと絶対に入らないであろう場所でも、二人だとなぜか恐怖心が和らぐ。それは晶も同じだったらしく、特に怖がる様子もない。

むしろ少年のような笑顔を浮かべて今の状況を楽しんでいるように見える。

「もう少しで着くよ」

「そっか。少し足が疲れてきたな」

「休憩する？」

「いや、いい。寒いし、早く行こうぜ」

そのまま山道をさらに十分ほど進んだところで、急に森が開けた。その先には、向こう側の低い山々が連なっている輪郭が見えた。

「ここだよ、兄貴。僕とお父さんの思い出の場所」

「これは……――」

見上げると、声を失った。

さっき駐車場で見たときよりもさらに綺麗に星空が輝いていた。

おそらく街灯もないこの場所は、今は純粋に、月明かりと星しか光を放っていないからだろう。

晶の姿や周囲の様子がくっきりと見える。

星明かりに照らされ、幻想的な光をまとった晶は、いちだんと綺麗《きれい》に見えた。

「ここでお父さんから僕の名前の由来を聞いたんだ」

「この星空みたいに、キラキラと輝いて人々を照らす希望の光になってほしい、か……」

素敵な思い出だと思う。そんな思い出が俺にもあっただろうか。

「どうかな？　今の僕、名前通りになってるかな？」

晶は控えめに笑った。自分ではあまりそう思っていないらしい。

ただ俺は、正直に自分の気持ちを話すことにした。

「晶は、あの星空みたいに輝いてるぞ」

「え？」

「少なくとも俺にとっては、晶は輝いて見える」

「や、やだなぁ～、いきなりそんなこと――」

「本心だって。もっと自分に自信持ったほうがいいぞ、お前」

「そ、そうかな……。ありがとう……」

照れ臭そうにしている姿も星明かりですっかり見えてしまっている。きっと顔も真っ赤になっているのだろうが、俺は気にせず晶のそばに立った。

「俺さ、晶が妹になってくれて、本当に良かったと思うよ」

「え？」

「それまで光惺《こうせい》とひなたちゃんしかいなかったのに、晶のおかげで今は西山や伊藤《いとう》さん、高村《たかむら》、早坂《はやさか》、南《みなみ》……演劇部の連中とも仲良くなったしさ、たぶん、前よりも明るくなった」

「あ、兄貴は、僕が会ったときから、そんな感じだったよ？」

「いや、俺はお前と過ごす毎日が楽しくてな。ハラハラドキドキさせられることもあるけど、なんだかんだで今の生活が気に入ってるよ」

「そ、そう？　なら、良かったけど……」

「でもな、いきなりイチャイチャを仕掛けてくるのはどうかと思うぞ？」

「え⁉　やっぱダメ⁉」

「俺の心臓が保《も》たん。心臓が止まったら責任とってくれるか？」

「いや〜、それに関しては、僕もほんとはドキドキしっぱなしだから、おあいこというか〜……」

俺ははははと笑った。冗談を言ったつもりが、真に受けてしまったらしい。

「感謝してる。ありがとう、晶。俺の家族になってくれて」

「うぅっ、ずるいよ兄貴〜。僕がそれ、先に言おうとしたのに！」

「兄はなんだって妹より先だ。……ま、ゲーム諸々じゃ俺が負けっぱなしだから、これくらいは勘弁してくれよな？」

そう言うと晶も「たしかに」と言って笑ってくれた。

そうしてしばらく星空を眺めていたが、いよいよ寒くなってきたので戻ることにした。

「あ、待って兄貴！　最後にひなたちゃんに送る写真撮りたいから！」

「おう、早くしろよ？」

そうして晶が星空の写真を撮ってうろうろしていたが、俺はそのとき、足元でなにか鉄の板のようなものを踏んだ感触があった。

スマホのライトを向けると、それは明らかになにかの看板が倒れていたもの——と、俺はその絵と文字を目にし、一瞬で理解して青ざめた。


『崖崩れ注意』


「晶っ！」

なにか嫌な予感がして、晶の名前を叫び、晶の元に急ぐ。

「大丈夫です～。崖の位置くらいわかってるって～」

晶は心配ないと笑って見せたが、しかし——

「――……え？」

晶がぐらりとバランスを崩した――いや、違う！

崖の少し手前、そこの地面がガラリと崩れ、晶ごと崖に落ちようとしている。

「晶っ⁉」

「あに……――」

落とし穴にでもはまったように晶の身体《からだ》が落下する。

俺は咄嗟《とっさ》に頭から滑り込んで晶の身体を摑《つか》んだ。

「摑まれ、晶っ！」

「あ、兄貴⁉　これ――」

「いいから摑まれ！　早くしろっ！」

だが、俺の場所もいよいよ崩れ、身体が宙に浮いた感覚に……――

――せめて俺が！

俺は晶を抱きしめる――

岩肌が剝《む》き出しの斜面に背中から落ちる――

胸のあたりに晶の体重がかかり、一気に鈍痛が走る――

「うぐっ――あ、き……がぁあああ――――っ！」

「兄貴ぃいい――――――――――――っ！」

俺は晶を抱えたまま、ゴツゴツとした岩肌を背中で滑り落ちていった。

11 NOVEMBER

11月22日（月）

　水族館って今までに二回しか行ったことない。

　正直、動物園や水族館って苦手だった。
オリからこちらを見ている目がなんともかわいそうで。

　兄貴に聞いて目から鱗だったことが。

　彼らは飼われてるんじゃなくて生態系を守るために保護されてるんだって。

　私にできることは、せめていっぱい「カワイイ」とか「キレイ」って
言ってあげることくらい。褒められたら動物さんたちだって嬉しいよね？
それも人間のエゴなのかな？

　でも、水族館は楽しかった。

　水族館ではちょっとしたハプニングもあったけど、母さんから兄貴の話を聞いて納得。
私も母さんと同じところにいたら兄貴をギューって強く抱きしめていたと思う。

　そのあと夕日の沈む海の見えるレストランで夕飯。
料理も美味しかったけど、「マジックアワー」というのを見られたのも嬉しかった。

　そして最後に、思い出の場所で……。

　この先は、ちょっと書くのにためらう。きれいな星を見たあと、
まさか、あんなことになっちゃうなんて、思いもよらなかったから。

第9話「じつは湯けむり慕情事件簿⑨ ～父親の背中～」

どれくらい落ちたのだろうか。

何度も背中やら腰やら頭を岩肌にぶつけ、ようやく止まった。

「っ……!?」

あちこちが痛む。ただ、その痛みを奥歯をぐっと噛《か》み締《し》めて堪える。

まず先に確認しなければならない——晶《あきら》は？

「晶っ！　大丈夫かっ!?」

「いたたたた……僕は大丈夫——って、兄貴!?　大丈夫なの!?」

「俺も、なんとか、な。あはははは……」

晶が無事で安心した俺は、天を仰いだ。

——助かったぁ……。

起き上がるときに全身に痛みが走ったが——よし、腕や脚は動く。

あちこち擦ったみたいでひりひりしたが、大きな出血もなさそうだし、たぶん大丈夫だろう。

「晶、怪我《けが》がないか見せてみろ」

「僕のことより兄貴だよ！　兄貴、僕の下敷きになって落ちたんだよ！」

「まあ、本当は晶を下敷きにするつもりだったんだけど、失敗したな？」

俺が冗談っぽく笑って見せると、晶はさらに怒り出した。

「こんなとき冗談言うなよ！　なんで笑ってられるのさ！　兄貴がいなかったら、僕、僕……」

「大丈夫だ大丈夫。それよりほら、早く見せてみろ──」

奇跡的に晶はほとんど無傷だった。

少しかすり傷はあるが、見たところ大丈夫のようだ。

「──よかった、嫁入り前の大事な身体《からだ》に傷なんてつけたら親父《おやじ》たちに叱られる」

「ぐすっ……大丈夫だもん、兄貴にもらってもらうから……」

「そういう冗談が言えるなら大丈夫だな？」

「じょ、冗談じゃないし！」

俺は笑顔をつくってみせたが、状況はあまり芳《かんば》しくない。

どれくらい落ちたのか見上げてみると、岩肌のゴツゴツした斜面の先、俺たちが落ちてきたところと空の境界線が見える。

だいぶ高い。

よく二人ともこれくらいで済んだなと思うと、少しぞっとする。

ただ、この斜面を登って上まで行くことは難しそうだ。かといって左右を見回したがなにもなく、そこにはただ森と山が広がっている。

「晶、スマホは？」

「持ってる。──あ、でも僕の、圏外になってる」

「──俺のもダメだな。そうだＧＰＳ──も、ダメかぁ……」

──せめてＧＰＳが使えたら地図アプリが使えるのに。

「どうするの、兄貴……？」

「まあ、親父たちが気づいて助けに来てくれるのを待つのがいいかもな。とはいえ──」

──暗いし、寒い。

十一月の寒空の下、こんなところで立ち止まっていたら危ない。

地理はわからないけど、近くに人は住んでいるような山ではないし、無闇やたらに歩いたところで、下山するのも厳しそうだ。

俺も晶もライターなんて持ってないし、火を起こすこともできない。

万策尽きてここで待つしかない。

けれど、待っているあいだに凍えてしまいそうだ。

「――いや、すぐ親父が助けに来てくれるだろ？」

俺は晶を不安にさせないように能天気に振る舞った。

「本当？　太一《たいち》さん、助けに来てくれるかな？」

「ああ。待ってたらそのうち、きっと」

自信はないが、親父ならきっと助けに来てくれる。そう信じて待つしかない。

「でも、気づかなかったら――」

「大丈夫だ。親父、かくれんぼの鬼が得意だから」

「かくれんぼ？」

「昔から親父には敵《かな》わなかったんだよ。一度も見つからなかったことなかったな」

「でも、かくれんぼどころの話じゃないよ、これ……」

「大丈夫。親父はきっと俺たちを見つけてくれる。だからここで待とう」

それでも晶は不安そうだった。

「そうだ、晶、ちょっとこっちに来てくれないか？」

「え？」

言われるままに晶を近くに呼び、俺の前に座らせた。そうして晶を後ろから抱きしめる。

今、晶は俺を背もたれにして体育座りをしている。膝を腹につけさせ、なるべく腹を寒さから守るようにさせた。その膝の上に、俺は自分が着ていた上着を乗せてやる。

こうすれば少しは長く体温が維持できるはずだ。

「な、こうすれば少しは寒くないだろ？」

「でも、これだと兄貴が……」

「俺？　俺は大丈夫だ。晶があったかいからな」

「寒くないの？」

「寒くない。兄貴を舐《な》めんなよ？」

と、明るく言ってはおいたがかなり寒い。極暖のインナーを着ていても、すぐに外気で身体の熱が奪われていく。

思わず震えそうになるが、俺は身体に力を込めて耐えた。しかし身体に力を込めると、今度は節々が痛くなる。きっと岩に打ちつけたところが痛むのだろう。

とりあえずは、なんとか――せめて早く親父が気づいてくれるのを待つしかないが、正直望みは薄い。気づいたとして、誰かがこの場所を見つけるなんて無理そうだ。

――いや、実際、無理だろう。

ここは建《たける》さんと晶の思い出の場所、そしてそこからだいぶ落ちた先にある森の切れ目。

こんなところに俺たちがいるなんて、たぶん思いも寄らないだろう。

――いや、悲観的になっていてもダメだ。

今はとにかく明るいことを考えるか。

とにかく、早く気づいてくれ、親父――

＊＊＊

かれこれ二時間が過ぎた。

さすがに親父たちも気づいて慌てて探し回っているころだろう。

こっちはこっちで寒さが地面からせり上がってきて、風も少し吹き始め、俺はさすがに焦《あせ》っていた。

このまま体温を奪われ続けたら、ちょっと、ヤバいかもしれない。

「晶、寒くないか？」

「僕は平気。兄貴は大丈夫？　震えてるよ……？」

「俺も平気だ。すまん、トイレ行きたいだけ」

「僕に構わずに行ってきてよ？」

「いや、もうちょっと我慢する」

やはり状況は芳《かんば》しくないが、それでも耐えるしかない。

そのうち晶がシクシクと泣き出してしまった。

「どうした、晶？」

「だって、僕のせいで、こんなことに……うぅっ……」

「バーカ。自意識過剰だ、そんなの」

俺は震えながらも明るく言った。

「俺たちは一緒にこの山に入った。で、一緒に落ちた。だから、俺たちのせいっていうのはわかるけど、お前のせいっていうのは違う」

「でも……」

「ま、むしろ俺のせいだな。森に入る手前でやっぱ引き止めたら良かったかもしれないし、親父たちに言っておけば良かったかもしれない」

「兄貴のせいじゃないよ！」

「だろ？　たられればを並べたところで、状況はなにも変わらないんだ。俺のせいでも晶のせいでもない。せいって言うなら、俺と晶、兄妹《きょうだい》のせいって考えろ」

「兄貴、どうしてこんな状況で、僕に、そんなに優しくできるの……？」

「どうしてって、兄貴だからな？」

そう言って晶を強く抱きしめた。寒かったのもあるが、晶が不安にならないように、そしてそばにいるぞと伝えてやりたかった。

「ほら、晶、上を見てみろよ？」

「え……？」

「木と山のあいだから星空が見えるな。あれ、なんだっけ？　オリオン座と北斗七星しか星座は知らないけど、とにかく綺麗《きれい》だな？」

「うん……」

「こんなことならちゃんと理科も勉強しとけば良かったな。嫌いだからって勉強しなかったから、こんなとき気の利《き》いた言葉の一つも言えない。すまんな」

「ううん、こうしてるだけでいい……」

「そうか？　なら理科の勉強、もうしなくていいか？」

「それは、ダメだよ……。単位、落としちゃうから。留年しちゃうよ？」

「そうだな。それは困る。晶と同級生になったら兄としての威厳がなくなる。ひなたちゃんはたぶん苦笑いで、光惺《こうせい》はバーカって……いや、あいつ俺がいなくなったらあいつこそ単位落とすか。一蓮托生《いちれんたくしょう》ってやつだな。西山《にしやま》は俺のこと指差してゲラゲラ笑いそうだ……。伊藤《いとう》さんは、まあひなたちゃんと一緒で苦笑いかも。高村《たかむら》とか、早坂《はやさか》とか、南《みなみ》とか、ほかの連中も──」

一人ひとりの顔を思い浮かべると、なんだか笑えてきた。

晶たちと同級生になる。たぶん、毎日が今以上に騒がしくなるんだろうなと思って、それはそれでなんだか悪くない。

「兄貴が同級生になっても、僕は嫌じゃないよ？」

「どうしてだ？」

「一緒の教室で勉強したい。そうしたら毎日僕は授業中に兄貴の横顔を眺められるし」

「勉強、手についてないよな、それ？」

「お弁当も一緒。周りがリア充ってからかってくるのとか、一回経験してみたい」

「ははは、俺は、ちょっとからかわれるのは好きじゃないな」

「放課後は一緒に部活に行って、一緒に下校するんだ。帰りに寄り道して、放課後デートとか」

「それは今とあまり変わってないな……」

「修学旅行、一緒に行きたい」

「それは俺もそうかな。今回は演劇部の合宿と家族旅行がごちゃまぜだったけど、じっくり行きたいな」

「でね、修学旅行の二日目とかに、思い切って告白するの！」

「えっと、ほぼ毎日聞かされてるから、場所が変わってもなぁ〜」

「もう、さっきからなんだよ！　僕の理想の学校生活を話してるの！」

「ははは、理想か。けっきょく俺たち、たらればを並べてるな」

良いたられば並べるのは悪くない。

この星空のように、一つ一つが希望のように聞こえてくる。

——ただ、晶の理想は残念ながら叶《かな》えてやれそうにないみたいだ……。

「……晶、悪い。やっぱ用を足してくる」

「あ、うん……」

「不安なら一緒に行くか？」

「行かないよ！　一人で行ってきて！」

たぶん真っ赤になっている晶を置いて、俺は立ち上がった。

だが、急に身体《からだ》がグラついた。

脚の感覚がなくて、思わずよろけてしまったが、それでもなんとか地面を踏み締めて耐えた。

だいぶ身体にガタがきている。

――このポンコツめ。もう少しちゃんとしろよ。まだそこに晶がいるんだ……。

俺は自分の身体を叱りつけ、晶から少しずつ離れた。

＊＊＊

少し歩いたところで、晶の姿が見えなくなったころ、俺のスマホのライトが消えた。

充電切れになってしまったらしい。

これで電波が入る場所に出ても連絡はもうできない。

俺はもう一度星空を見上げた。

すると頭が重たくなってしまったのか、そのままうしろに倒れ込んでしまった。

大の字になって空を見上げると、身体中の力が抜けていく感覚がある。

すでに、寒さは感じない。

――寒さに耐えられる身体に進化したのか？

いや、どうやら俺も充電切れのようだ。

そのまま星空をぼーっと見上げる。

見上げているうちに、なんだか心が穏やかになっていくのを感じる。

とにかく星が綺麗だ。

建さんがどうして晶に『晶』と名付けたのか、いたく納得した。

この星空の輝きを、目を開けていても辛《つら》くはない心地よい光を、形に残したかったのだろう。

たぶん、あのいい加減な人が嫌いになれないのは、たぶん、俺と同じタイプの人間だから。

今ならよくわかる。

一人ぼっちが嫌いなくせに、人と関わるのが苦手。

今ならよくわかる。

強がりたいんだ。でも、そうはなりきれないからけっきょく希望を求める。

晶という希望を、どうしても残しておきたい。

今ならよくわかる。

俺も建さんも、晶に幸せでいてほしい理由が――

『──僕より弱い人はやだ。僕が欲しかったら……勝ってみせて』

すまんな、晶。

『──だから、今は義理の妹ってことで、そのうち兄貴のお嫁さんにして』

俺、お前より弱い。

『──私があなたをもらってあげるわっ！　ううん、私をお嫁さんにしてっ！』

だから、俺のところに嫁になんてこなくていいからな……。

星空が目に染《し》みて、俺はそのまま瞼《まぶた》を閉じた。

それなのにまだ星空が見えた。瞼の裏に星の光が焼き付いてしまったらしい。

寝ても覚めても星空では起きてても仕方がないか。

──夜だ。夜なら眠らないとな。

でも、起きたら、俺の気も知らないで、晶が気持ち良さそうに、隣で寝ているのか……。
でもまあ、それはそれで……――

ポタ……ポタ……――

そうしてどれくらい経《た》ったのだろうか。
瞼を閉じているうちに、雨が降ってきた。
さっきまで天気だったのに、山の天気は変わりやすいというのは本当のことらしい。
ただ、その雨は温《ぬく》みがあった。
暖かい夏の晴れた日に、青空から降ってくるような雨。
俺は、薄目を開けてみた。
すると、雨ではなくて星だった。星が空から降り注いでいる。星の雨だった。
――そうか。
星の雨は、温かいのか……――
「――き……兄……――兄貴っ！」

――なんだか、俺を呼ぶ声が聞こえるな。

俺はもう少し目を見開いてみた。

そこには、目から涙を溢《こぼ》す晶がいた。

――晶が、泣いている……？


「どうし……た……？　なん、で……」


口がうまく動かない。すっかり固まってしまって、声を出すのもやっとだ。

「兄貴！　ダメだよ！　起きて！」

起きてるだろ？　ほら――あれ？

晶、これ、なんの悪戯《いたずら》だ？　俺の身体、動かないぞ？

「しっかりしてよぉ！　なんで倒れてるのさぁ！」

なんでって、そういやなんでだろう？

ああそっか。『ロミオとジュリエット』のキスシーンの練習してたんだっけ。

というか顔が近い……こいつ、本気でする気か？

「お願いだから立って！　僕を一人にしないで！　お願い！　お願いだから！」

まあ、ちょっと、そう言われて、頼られたら、嬉《うれ》しいな……。

最初に馴《な》れ合いは勘弁って言ったの、そっちだったろ？

なに言ってんだか。

「太一さんがもうすぐ来るから！　親父《おやじ》が助けにきてくれるからぁあああ――っ！」

親父が？　――ああ、親父、そういえば再婚したんだっけ？

そっか。晶は俺の義理の弟……いや、義妹《いもうと》だったな……。

忘れてないよ、ほんと。

お前は義理の弟なんかじゃない。

義妹《いもうと》で、

女の子で、

可愛《かわい》過ぎて、とにかく困ってるんだ、俺は……。

——でもま、良かった。

晶に会えて、本当に良かった。

親父に感謝しないと。

親父、どこだよ？

こんなときまで遅れてくるなよな……。

頼むよ親父、晶に、親父が残念なだけの人じゃないって、教えてやってくれ。

あ、その前にあのこと、を晶に伝えておかないとな。

親父の前だと恥ずかしいから今のうちに——

「あき……ら……——」

「なに!? どうしたの兄貴!?」

「お……お前の、こと……——」

「なに!? 兄貴、言って！ なんでもいいから！」

「あ……きら……。お、れ……じつ、は、お前の、こ……——」

ふと、星空が消えてしまった。

目の前が真っ暗闇になって、いよいよ俺も充電が切れた。

そのとき——

「——涼太《りょうた》ぁあああ————————っ！」

——突然親父の声が聞こえた。

なんだ、来たのか。

タイミング悪いぞ、親父。

せっかく晶に俺の本心を伝えようと思ったのに……。

「太一さん！　兄貴がっ！　兄貴がっ！」

「涼太、おい、しっかりしろ、おい！」

なんとなく、俺の肩や顔、頭に、親父の手が置かれたような気がした。

「さっきから動かなくて！」

「っ……!?　身体《からだ》が冷たい！　晶は大丈夫か!?」

「僕は平気……。兄貴が、守ってくれた、か、ら……」

「そ、そっかそっか！　よし、それならいい！　偉いぞ涼太！　ちゃんと晶を守ったな！　さすがは兄貴だ！　よし、そしたら次はお前の番だ！　お前の番だからな！」

俺？　俺は、ちょっと眠いだけだから、大丈夫。

そんなに動かさないでくれよ……眠いんだって……――

「大丈夫だ、大丈夫！　父さんがもう来たからな！　大丈夫だ！」

「太一さん、どうするの⁉」

「俺が涼太を背負って車まで行く！　晶、走れるか⁉」

「うん！　大丈夫！」

「よし！　じゃあ晶、涼太を背負うから――これ、涼太の背中にかけてやってくれ！」

「わ、わかった！　――これでいい⁉」

「あと、この紐《ひも》で俺と涼太の身体をグルグル巻きにしてくれ！」

「――これでどう⁉」

「よし！　これでいい！　いいか晶、俺から絶対に離れるなよ！」

「うん！」

また薄目を開けると、かすれていく視界の中で、景色がぐらぐらと揺れている。

俺はたぶん、今親父に負ぶわれている。

情けない。高二にもなって親父におんぶに抱っことは。

「涼太、いいか、寝るなよ！　——晶、涼太になにか話しかけてやってくれ！」

「わかった！」

おいおい、こっちは眠いんだって……。

ちょっとだけでいいから、寝かせてくれよ、晶、親父……。

俺、今、本当に眠いんだ……。

…………

………………——

＊　＊　＊

「——あれ、ぼく……」

ふと目が覚めるとぼくは父さんの大きな背中に負ぶわれていた。

「ん？　涼太、起きたのか？」

「あ、うん……。ぼく、どうしたの？」

「銭湯で寝ちまって、そのまま気持ち良さそうだったから寝かせてたんだ」

「そっか。ぼく、あのまま寝てたんだ」

なんとなく思い出してきた。

今日は日曜日。

ぼくは父さんと背中を流し合ったあと、お風呂《ふろ》に入って、休憩するところで寝ていたんだ。

周りを見るとすっかり夕方だ。

そこは大きな川沿いの土手道で、父さんはぼくをおんぶして歩いている。

「おりるよ」

「いいって。そのまま家まで寝てろよ」

「やだよ、恥ずかしい……」

「親に遠慮するな。どうせ誰も見てないから」

父さんにおんぶされてちょっとだけ恥ずかしい。なんとなく、父さんの背中で顔を隠す。

そうして少しのあいだ顔を隠していると、「涼太、起きてるか？」と父さんから声をかけられた。

「なに？」

「担任の先生から電話があった。今度の授業参観、絶対に来てくれってさ」

「……こなくていいからね？」

「そうは言っても、父さん、先生から叱られたんだ」

「なんで？」

「去年から授業参観に一度も行ってないから、先生がお前のことを心配してた。せめて一回は必ず来てくださいって」

「そっか……」

「だから行くことにした。父さん、この歳《とし》になってもやっぱり先生に叱られたくないし」

「いいの？　仕事、大変なんじゃない？」

「まあ、なんとか。──それより、もう一つ気になることを先生から聞いた。まあ、聞いたというか、確認の電話というか……」

「なに？」

父さんは少し間をおくと、重たい話し方になった。

「お前、学校でいじめられてんのか？」

ぼくは正直に言うか迷った。

父さんを困らせてしまうと思ったから。

「ううん、みんなとケンカしてるだけ」

「そっか……。強いな、お前。ケンカの原因は？」

「……からかわれたんだ。母さんにすてられたやつって……」

「それで、お前はどうした？」

「言い返した。母さんがすてたんじゃなくて、父さんが助けてくれたんだって……」

　父さんはそこからしばらく黙ったままだったけど、ようやく重たい口を開いた。

「……あのな、父さん今の仕事、辞めようと思う」

「え？　なんで？」

「父さんと二人で、父さんの実家に行かないか？　ほら、親戚のタケちゃんとか、お前、仲良かったろ？　冴子《さえこ》おばさんも、おじいちゃんもおばあちゃんも、みんないるし、どうだ？」

「ぼく、べつに、父さんと二人だけでいい」

「でも父さん、いつもお前を一人にしてるじゃないか？」

「一人じゃないよ。父さん、いつもぼくのために仕事がんばってるし、一人でさびしいとか、そういうこと思ったことない。それに父さん、今の仕事、好きでしょ？　好きなら続けてよ。ぼくは父さんが仕事してるの、かっこいいと思ってるんだ」

父さんは足を止めた。

身体が小刻みに震えている。洟《はな》をすすって、頭を下げている。

——どうしたんだろう？　寒いのかな？　ぼくが重くてつかれたのかな？

心配だったけど、父さんは大きく洟をすすって、またゆっくりと歩き出した。

「……わかった。じゃあ、父さん、もう少し、頑張って、みようか、な……」

「うん。ぼくは学校でがんばるから、父さん、仕事がんばって」

父さんにそう言うと、また少し黙った。

それからちょっと時間が経《た》って、父さんは今度は明るい口調になっていた。

「そうだ、父さんのことは親父《おやじ》って呼んでくれ」

「オヤジ？」

「ああ。父さんって呼び方、ほら、『父』って漢字だけだろ？　『父親』をひっくり返したら『親』って字と『父』って字、二つ使うだろ？　そうすりゃあ『親』の字も入る！　あ、嫌なら今まで通りでもいいぞ？」

「親と父で、親父か……。うん、父さんがそう呼んでほしいのなら、親父で……」

「親父か……。くぅー！　なんていい響きなんだ！」

どうやら親父と呼ばれると父さんが喜ぶらしく、ぼくは父さんのことを親父と呼ぶことにした。

「それと涼太も『ぼく』じゃなくて『俺』にしたらいいんじゃないか？　そのほうが強そうに聞こえるだろ？」

「たしかに強そう。──うん、じゃあこれからぼく……じゃなくてオレ。これからはオレでいくね？」

「ああ。これから『親父とオレ』で、二人で頑張っていこうな？」

「うん！」

父さんのことを親父と呼ぶのも、自分のことを「オレ」と言うのも、なんだか気恥ずかしい。でも、そのときからオレは、なんだかちょっと強くなった気がした。

強くなった自分に安心したのか、オレはまた眠くなった。

「涼太、家までもう少し歩くから、そのまま寝てていいぞ？」

「親父……」

「なんだ？」

「呼んでみただけ」

「なんだよ……。──涼太、ほら、寝とけ。帰ったら一緒に美味《うま》いもの食べような？」

「うん。──あのさ、親父……」

「だからなんだよ？」

「もし親父に好きな人ができたら、ケッコンしてもいいからね？」

「……現《あら》われるかな、そんな人？」

「現われるよ、きっと。だって親父、かっこいいもん」

「お、おう、そうか……」

「照れんなって」

「照れてねぇからっ！」

——ああ、なんだか安心する。

なんだか眠い……。

親父の背中、安心する。大きい。温かい。

このまま眠ったら、オレ、俺は、家に着いてるのかな……——

11 NOVEMBER

11月22日（月）

兄貴と一緒に丘にいて、

やっぱり無理だ。書けない。

また、泣いてしまいそうになるから……

最終話「じつは……いや、最高の家族でした、ありがとう……」

――パリ――――――ン！

「キャッ！」

「おいっ⁉　ひなたっ！」

光惺《こうせい》は慌ててひなたのほうを向いた。

上田《うえだ》家のリビング、合宿から帰ってきたひなたが、ちょうど土産物屋で買ってきたばかりの写真立てをリビングに飾ろうとしていたところだった。

なにかの拍子に写真立てを落としてしまい、ガラスが激しい音を立てて割れてしまったのだ。

「大丈夫――あっ⁉　写真っ！」

ひなたが割れたガラスに手を伸ばす。刹那、強い力で腕を引っ張られた。

「よせ、あぶねぇから」

ひなたは目を見開いた。光惺がひなたの腕を摑《つか》んでいた。思ったよりも強い力で摑まれたこともあるが、普段の兄らしからぬ態度にひどく驚いてしまったのである。

そのとき、ふと光惺の目に留まったのは、割れたガラスの中にある一枚の写真だった。

「ひなた、この写真……」

「うん。花音祭《かのんさい》のときのやつ。四人で撮った記念にと思って……」

ひなたは悲しそうな表情を浮かべた。

「せっかく涼太《りょうた》先輩と晶《あきら》に選んでもらった写真立てなのに……」

「縁は大丈夫だろ。ガラスだけあとで替えたらいい」

「そっか、そうだね……」

「俺がガラス拾っておくから、掃除機とガムテープ」

「うん──」

ひなたがリビングから去ったあと、光惺はそれとなく写真立てを手にした。

そこには衣装を着た涼太と光惺と晶、そして赤いドレスに身を包んだひなたが写っている。

演劇が終わったあとすぐに四人で撮ったもので、光惺も久しくその存在を忘れていた。

演劇、芝居──最初から出るつもりはなかったのに、どうしてあのとき自分の身体《からだ》が反応したか、本当は光惺も自分ではわかっていた。

気づけば光惺は、割れたガラスのあいだに自分の人差し指を差し込んで、写真に写るひなたの頭を撫《な》でていたが、その隣に写る涼太に目が行った。

なぜだかわからないが、急に涼太のことが気になった。数日連絡をとっていないし、たまには自分のほうからＬＩＭＥを送ってみるほうがいいのかもしれない。

「──お兄ちゃん、掃除機持ってきたよ」

「えっ、ああ、悪い。──……っ⁉」

いきなり声をかけられたのに驚いた光惺は、ガラスの先で指を切った。

それほど深くはなかったものの、斜に切れた右の人差し指の先端からぷっくりと丸く血が盛り上がってくる。

「あっ！　お兄ちゃん、血っ！」

「ああ、こんくらい平気──」

突然ひなたの柔らかな唇が、光惺の指に吸い付いた。

「──ひなた、なに、してんだ？」

「ほうひはは、ひはほはふはは……（こうしたら、血が止まるから……）」

ひなたは目を瞑《つぶ》ったまま光惺の指を吸い続ける。その様子を驚き戸惑いながら眺めていた光惺だったが、急にはっとして手を引っ込める。そのまま指の関節をきつく押さえた。

「バーカ。汚《きた》ねぇって……。それよりなんでいきなり、こんなこと……」

「だって、昔お兄ちゃんがやってくれたから」

そんなの、小学生のときの話だと光惺は思った。

ひなたが料理を始めたばかりのころ、包丁で指を怪我《けが》したことがある。そのときも光惺は慌てて同じようにした。

いつの間にか知識がついて、それは傷口に良くないと知ったが、そのときのことを思い出して、光惺は恥ずかしくなった。

「それとも、私にされて嫌だった……？」

ひなたが潤んだ瞳で光惺を見つめた。

この目に光惺はいつも勝てない。勝てないから逃げ道を探す。探した先はひどい言葉になって口から放たれるのだが、そのときばかりは違っていた。

「いや……。汚いって、俺の血のほうだから……」

照れていないようなふりをして見せたが、頬はどうしても赤くなってしまった。

「それ、お兄ちゃんと同じ血が流れてる私はどうなの？」

「お前は、綺麗《きれい》だ」

「え？　お兄ちゃん、今——」

「ほら、掃除機かけるから」

「あ、私がやるからお兄ちゃんは傷を――」

「洗ってくる」

光惺が洗面所に立つと、ちょうどリビンクから掃除機の音が聞こえてきた。

傷口を洗おうと思って蛇口をひねる――と、シンクの縁にポタリと落ちた血がゆっくりと流れ、そこから一筋の線になって排水口に流れていった。

赤い線は蛇口から落ちる水の渦に巻き込まれ、ぐるぐると渦巻状になり、やがて暗い排水口に沈んでいく。

しばらくその様子を見ていたら、不意に友人である涼太の言葉が頭に浮かんだ――

「――メンデルの法則には血が通っていない、か……」

涼太は血の繋《つな》がりなんてくだらないと言っていた。

けれど、血の繋がりを無視することはできない。

血の繋がりは厄介だともあいつは言っていた。

自分でなんとかできるようなものでもない。

——そんなことは、言われなくてもよく知っている。

俺もメンデルの法則に縛られているから。

そう頭の中で考えながら、光惺は血の滴《したた》る指先を流水に突っ込んだ。

＊＊＊

「——はい、これでよし」

光惺はひなたに傷口を消毒してもらい、絆創膏《ばんそうこう》を貼ってもらった。

リビングのソファーに兄妹《きょうだい》で並んで座るのは久しぶりで、光惺としてはなんだか居心地が悪い。二人きりだと余計に気恥ずかしさを感じてしまう。

「なんでキャラものなんだよ……」

「だってこれしかなかったんだもん。でも、似合ってるよ、お兄ちゃん♪」

「あっそ。——ありがとな……」

「どうしたしまして♪」

ひなたが目を細めて笑うと、光惺はまた気恥ずかしくなって頭を掻《か》いた。

「ところでお前、合宿ってやつはどうだった？　楽しかったか？」

「え？」

「なんだよ？」

「人に全然関心のないお兄ちゃんが、私たちの合宿に興味あるの？」

「っ……⁉　ねぇけど、いちおー訊《き》いてやってんの！」

「はいはい。──えっとね、楽しかったよ。演劇部のみんなや……そうそう！　涼太先輩と晶も偶然来てたんだ〜！」

「知ってる。お前からLIME入ってたからな」

「まさか涼太先輩たちの家族旅行と同じ場所でびっくりだったけど、なんだかバタバタで楽しかったなぁ。それでね、お兄ちゃん──」

光惺はそのあとひなたが楽しそうに話すのをひと通り聞いていた。

始終、ひなたの口から「晶」「演劇部のみんな」と名前が出たが、光惺にとってはほとんどどうでもいい話だった。

関心はもっとほかにある。

それがひなたの口から出ないまま、ひと通り合宿での出来事を聞き終えると、光惺はひなたに問うた。

「──で、涼太とは二人きりになれたのか？」

「え？　涼太先輩と二人きり？　──うん、いちおうは……」

「そのあとは？」

「べつに……お兄ちゃんが期待してることはなにもないよーだ！」

と、ひなたはペロッと舌を出してみせた。

「たく……そんなんじゃ涼太に惚《ほ》れてもらえないぞ？」

「べつに、私と涼太先輩はそんなんじゃないし……」

「中学のとき好きだったろ？　涼太のこと」

「す、好きとかじゃないもん！　ただ、ちょっといいなぁって思ってただけ！」

「それが好きってやつだ」

するとひなたは少し暗い顔をした。

「ちょっと違う。どっちかというと、憧れ、かな……？」

「憧れ？」

「うん。中学のときも涼太先輩に憧れてたし、今も憧れてるかな。──正直、晶が羨ましいなって思うことはあるよ」

「なにが羨ましいんだ？」

「涼太先輩って、包容力があって、優しくて、甘やかしてくれそうだし、一緒にいたら楽しいんだろうなって……」

「悪かったな、俺がお前の兄貴で」

「そんなこと言ってないじゃん！」

ひなたは少しむくれた顔になったが、光惺は言い争う気はなかった。むしろ、自分がダメな兄であることは光惺にとって好都合だった。

けれどひなたは少し視線を落として、自分の手の人差し指の先をちょんちょんとくっつけては離す。これはひなたが言いづらいことがあるときに見せる昔からの癖だった。

「お兄ちゃんはお兄ちゃんで、いいところあるし……」

「たとえば？」

「え～っと……う～んと……――」

「……悩むんなら無理に考えなくていい」

光惺がため息をつくと、ひなたはにこっと笑った。

「な～んて、冗談。――ほんとは、お兄ちゃんが昔みたいに優しいって、わかったから……」

「いつ？　どこが優しいんだよ？」

「この前の花音祭のとき。事故のときとか、涼太先輩が私のせいで固まったとき。お兄ちゃん、私のこと何度も助けてくれたから。――あれ、ほんと嬉《うれ》しかった」

「ああ、あれは……」

「あ、でも、『こいつは俺の女だ』って――今思い出しても恥ずかしいけど」

ひなたはそう言ってクスクスと笑う。光惺も自分の言葉を思い出して、恥ずかしくなった。

「あれは、咄嗟《とっさ》にアドリブでやっただけだっつーの。――つーかお前、あのとき涼太に抱きつくぐらいのことしとけよ」

「そんなこと、できないよ……」

「なんで？」

「だって、涼太先輩には晶がいるもん。私じゃダメだよ……」

ひなたは俯《うつむ》いた。苦笑いを浮かべているが、その表情は複雑で、見ようによっては悲しそうにも見える。構わずに光惺は続ける。

「お前、ぶっちゃけどうしたいの？」

「え？　どうしたいって――」

「涼太と本気で付き合う気、ないの？」

「だから私は――」

「あのチンチクリンがなにを思ってるかはしんねーけど、涼太はあいつと絶対にそーいう関係にならねぇから心配すんな」

「え？　どういうこと？　晶と涼太先輩が……え？」

「だから、あの兄妹は、兄妹のまんまで終わるって話」

「二人ってそういう、恋愛的な関係？　兄妹で？」

　ひなたにも思い当たる節はあったが、仲の良《い》い兄妹、さらに言えば仲の良い異性の友達同士くらいの関係、理想の兄妹関係だと思っていた。

　改めて恋愛関係だと考えたとき、そう言われればそうかもしれないという疑念がふつふつと湧いてくる。

　ただ、光惺は「さあな」と知っているようで知らないふりをするので、ひなたは余計に困惑した。

　それよりもまず、この兄はなにを言いたいのだろうか。

　ひなたは兄の真意も知りたかったが、とりあえず今は涼太と晶のことが気になって仕方がなかった。

「よくわからないけど……涼太先輩は晶を女の子として見てないってこと？」

「……さあな。でも、恋愛には発展しないだろうな」

「なんで言い切れるの？」

「なんで……。なんでかって――」

光惺は涼太の立場を自分に重ね合わせた。

光惺と涼太は似ているところがある。

踏み越えられない一線の前にいて、中途半端《ちゅうとはんぱ》に立ち回って、けっきょくは理由をつけて逃げようとする。けっきょくは、その先に進むのが怖いだけなのだが、そのことを口にするのはどうしても憚《はばか》られた。

「――涼太は呪《のろ》われてるからな。メンデルの法則に」

光惺がそう口にすると、ひなたは目をパチクリさせた。

「さっぱり意味がわからないんだけど……メンデルの法則？」

「……ま、お前にもチャンスがあるって話。涼太に今でも憧れてんだろ？　憧れてるやつに、もっと自分の近くにいてほしいって思うのはフツーだ。だから――」

光惺はこれからひどいことを言う自覚はあった。

ひなたのため、涼太のため――いや、もう言い訳はいい。

自分自身のために、ひなたにひどいことを言うのだと開き直った。

「――早く涼太に告れ。あいつと付き合ったらいい」

ひなたは悲しそうな表情を浮かべたが、光惺はいつも通りの仏頂面《ぶっちょうづら》で構えた。

「お兄ちゃん……」

「あいつは、晶も大事にしてるけど、付き合ったらお前のことも同じくらい大事にするだろうな。それに、俺とは違って、あいつは大事なもののために一生懸命に頑張るやつだ。だから俺は、涼太だったら、お前が付き合ってもいいって思うんだったら、それでいいと思ってる」

どうしてひなたが悲しい顔をしているのか、光惺には痛いほどわかっていた。

けれど、ひなたが望んでいることは、決して叶《かな》わないと知っているから、光惺はあえて突き放すようなことを言った。

ひなたはじっとなにかを考えていた。

そのあいだ、光惺は自分の言っていることが正しいのだ、間違っていないのだと自分に言い聞かせていた。

兄妹だからわかり合えることがあるなんてこれっぽっちも思わない。

兄妹だからわかり合えない、受け入れられないこともこの世界にはある、と。

しばらく沈黙が続いた。

ようやく口を開いたのはひなただった。

「お兄ちゃんは、私が涼太先輩と付き合ったら、嬉しいの？」

「……まあな。俺は、中学んときから、それを望んでた。今でもそうだ。お前ら、お似合いだと思う」

「そっか……。お兄ちゃん、嬉しいんだ。それがお兄ちゃんの望みなんだ……」

ひなたは俯いたが、今度の沈黙は短かった。

「ちょっと考えさせてほしい……」

「ああ。わかった──」

しかし、光惺はすっかり油断していた。

急に抱きつかれたのに驚いた光惺は、ひなたの肩を摑《つか》んだ。

「──って、お前っ⁉」

「なにしてんだよっ！」

「お願い、お兄ちゃん。ちょっとだけ、こうさせて──」

光惺はひなたを摑んでいた腕をだらりと下ろした。そしてこう思った。

──なにしてんだよ、涼太。晶じゃなくて、うちの妹のことを構ってくれよ。早く帰ってきてくれ。お前が帰ってこないと、俺はまたひなたを傷つけてしまうから……。

自分でも残念なほどに胸が高鳴っている。

いつから俺たち兄妹《きょうだい》はこうなってしまったのだろう。

そうして光惺はしばらく情けない自分に向き合いながらも、ひなたが離れるまでそのまま静かに時が過ぎるのを待った。

ただ一人、ガラスの割れた写真立てだけが、この兄妹の姿をじっと眺めていた。

＊＊＊

――…………………

……温かい。

温かくて、柔らかくて、なんだか落ち着く。

それにとても良い香りがする。どこかで嗅《か》いだ香りだ。俺の好きな香りだ。

これは、そうか……――

瞼《まぶた》の裏からでも光を感じる。

薄《う》っすらと目を開けると、眩《まばゆ》いほどの光が差し込めた。

どうやら星空の下ではないことは確かで、だんだんとぼやけた視界がはっきりしてくると、天井から蛍光灯の明かりが降り注いでいるのがわかった。

さらに頭の中がはっきりしてくると、見覚えのない真っ白な天井が広がっているのが見えた。

——ここはどこだ？

いや、そんなことよりもまず確認したいことがあった。

「——……晶？」

目覚めて第一声、俺は義妹《いもうと》の晶の名前を呼んだ。

ここ最近、ずっと俺の隣で寝ていたから、たぶん今もすぐそばで眠っているんだろうな。

そう思って横を向こうとした。

すると日傘のように影が射《さ》した。

数人のよく知っている顔が俺を覗《のぞ》き込んでいる。

「兄貴……」

「涼太くん……」

「涼太……」

「えっと……晶と、美由貴《みゆき》さんと、親父《おやじ》……？」

どうやら真嶋《まじま》家の面々が、眠っていた俺を見ていたらしい。……なぜ？

記憶を整理しようと思ったが、それよりもまず先に三人の表情が気になった。

晶は、目にいっぱい涙を溜《た》めている。

美由貴さんはメイクがボロボロだし、親父はすっかり泣きはらした目をしていた。

よくはわからないが、朝だというのなら一言言っておくべきか。

「あの……おはよう、みんな――」

自分だけ寝坊して寝顔を見られてたみたいで、照れ臭いなぁと思っていたら――

「兄貴ぃいいい――――！」

「涼太く～～～～～ん！」

「涼太ぁあああ――――！」

いきなり、三人が泣き出してしまった。

――えっと、これは、いったい……。

本当によくはわからなかったが、とりあえず家族が揃《そろ》っていると言うのなら、ここはたぶん家なのかもしれない。

だったら、これも一言言っておくべきだろうな――

「――ただいま」

＊　＊　＊

俺が目覚めたところは藤見之崎温泉《ふじみのさきおんせん》の近くにある総合病院だった。

目覚めてから色々な検査を受け、話を聞き、自分が今どういう状態なのかを知った。

――低体温症。

危険なほど体温が低くなってしまったらしい。

そのまま山で意識混濁《こんだく》の状態になった俺は、助けに来た親父に負ぶわれて、車に乗せられ、この総合病院に連れて来られたそうだ。

とりあえずは危険な状態は脱して、今はこの通り、なんとかなっている。

ちなみにだが、晶と崖から落ちた際に骨の一本や二本は覚悟していたが、検査の結果骨に異常は見つからず、擦り傷と打撲だけで済んだのは不幸中の幸いだった。日頃の行いが良かったのだろうと、担当してくれた医師が言っていた。

今は昼近く。

俺はベッドで上体を起こし、親父と二人で話をしていた。

「――まったく、山ん中でいなくなったときには本当に心配したんだからな」

「ははは、見ての通りだ、親父。なんともないって――」

「馬鹿野郎！　笑い事じゃない！」

親父に怒鳴られたのは久しぶりだったが、いまいち迫力に欠ける。

ここが病室だから遠慮したのかもしれない。

「まあ、でも、こうして俺も晶も無事だったんだからさ、そんなにカリカリするなって」

「……たく、命の危険があったんだぞ！　俺が行ったとき、お前はもう半分くらい意識なかったんだからな！」

「そっか……」

なんだか久しぶりに親父に叱られた。それがなんだか、ちょっとだけ嬉《うれ》しかった。

「ごめん、親父。いや、ありがとうか……」

「無事なら、それでいい……」

「それにしても親父、よくあの場所だってわかったな？」

「ん？」

「あそこ、展望台から回らないといけなかっただろ？　そもそも俺たちがどうしてあそこにいたってわかったんだよ？」

「……まあ、俺もあの星が見える穴場は知ってたんだ」

「え？　そうだったのか？」

「大学時代にな、父さんは演劇系のサークルに入りながら登山部にも入ってたんだ」

「そうだったんだな。それであの場所に行ったことあったのか」

「ああ。ある人に教わって──」

「ある人って？」

親父はそこで少しバツの悪そうな顔をしたが、「大学の先輩だよ」と言って話を続けた。

「そんなわけで、あの穴場にもしかしてと思って行ってみたら、行き止まりのところで新しく崩れてるところがあってな」

「で、俺たちが落ちたってわかったのか？」

「ああ。美由貴さんが晶に巻いていたマフラーがそこに落ちてたんだよ。落っこちた弾みで落ちたんだろうな。それ見つけて、俺は美由貴さんにあちこち連絡してもらってるあいだに崖を下ったんだ」

「そっか。じゃああのマフラー、いちおうは役に立ったのか……」

「ああ。――それに、お前はすごいやつだ」

「え？　どこが？」

「崖から落ちた晶の下敷きになったんだろ？　晶はほとんど無傷だったし、お前が守ってくれたと言っていた」

「まあ、咄嗟《とっさ》にな……」

「涼太、普通はな、そういうときは自分の命を優先するものなんだ。本能がそうさせる。自分が助かりたい一心で、周りのことなんて気にならなくなるもんだ」

「そんなもんか？　俺は晶のことしか考えてなかったけど……」

言ってから急に恥ずかしくなった。

これではまるでシスコン……いや、俺が晶を異性として見ているような感じにとられはしないか。多少心配になったが、どうやら杞憂《きゆう》だったらしい。

「大した兄貴だ。妹を守るために、そこまでするなんてな」

「いや、俺はべつに……」

「そのあとも晶を寒さから守ったんだろ？　――ほんと、晶のことになるとお前は本当にすごいな」

そこまで言われると、なんだか照れ臭くなった。

西山《にしやま》だったらなんて言うだろう？　「さっすが規格外のシスコンですね」とか言ってきそうだ。ひなたや伊藤《いとう》ならたぶん、俺と晶の心配を素直にしてくれるだろうが……。

「でもなぁ、倒れてからほとんど記憶がないんだよ」

「そうなのか？」

「まあ、星が綺麗《きれい》だなって思ったくらい。そしたらそばに晶がいて——ん？　そういえば晶はどこにいるんだ？」

「晶なら廊下に、美由貴さんと一緒にいるぞ」

「なんだよあいつ、顔くらい見せに来たらいいのに……」

「バーカ。だからお前は鈍感だって言われるんだよ」

「……それ、主に言ってるの、親父だからな？」

呆《あき》れたという顔をしている親父を俺はギロッと睨《にら》んだ。

「晶、ずっと泣いてるんだ。お前に申し訳ないことをしたってな」

「気にする必要ないのにな、あいつ……」

「まあ、俺からもそう伝えたんだけどな、それでもやっぱりそういう気持ちになるんだろう。お前を助けたのは晶と美由貴さんなんだが……」

「え？　晶と美由貴さんが？」

　すると親父は少し面白くなさそうな顔をした。

「お前を車に運んだとき、体温の低下を抑えるためにあの二人がひと肌脱いだんだよ」

「ひと肌脱いだって、具体的には？」

「だからひと肌脱いだんだよ！　お前のために二人とも体を張ったんだ！」

「え⁉　それってまさか……」

「……そうだ。後部座席で、二人がお前を挟む感じで、その……人肌であったためたんだ
……」

「っ────────⁉」

　──なんてことだ……。

　それは、つまり、義母《はは》と義妹《いもうと》の、サンドイッチ⁉

　あの柔らかな感触は、良い香りは、そういうことだったのか⁉

「し、嫉妬してるわけじゃないぞ？　でもな、人の嫁さんにお前は──」

「ちょ、ちょっと待ってくれ！　ってことはつまり、そういうことだよな……？」

「そういうことだ！　──まあ、おかげで病院まで保ったわけだし、あの二人にはきちん

と感謝するんだぞ！」

「……はい。ほんと、感謝してます……」

非常に顔が合わせづらい……。

心の底から感謝はしているが、とりあえず今の話は聞かなかったことにしよう。

「あの、じゃあ、悪いけど晶を呼んできてくれるか？　二人でちょっと話したいからさ」

「わかった。じゃあ晶を呼んでくるから──」

「あ、ちょっと待った親父《おやじ》！」

俺は立ち上がった親父を引き止めた。

「ん？　なんだ？」

「親父……」

「どうした？」

「呼んでみただけだ」

「なんだよ？　じゃあ呼んでくるからな──」

「親父！」

「だからなんだって……」

「ほんとはあの授業参観の日、親父、廊下で俺の作文聞いてくれてたんだろ？」

「っ……!?　お前、それ、知ってたのか……？」

「担任の先生から、そう聞いた。親父、せっかく間に合ったのに入りきれなくて、廊下で聞いてたって。ずっと廊下で泣いてたって、先生は見てたって……」

「か、勘違いするなよ。な、泣いてないから……」

四十過ぎのオッサンのツンデレはちょっとキツいが、俺は思わず笑ってしまった。

「ありがとう！　かっこいい親父でいてくれて」

「……お、おう――」

「照れんなって」

「照れてねぇからっ！」

親父は振り向かずにそのまま行ってしまった。照れた顔を見られたくなかったのだろう。

さて、晶はどんな顔でくるか――

＊＊＊

しばらく待っていると、静かに病室の扉が開いた。

晶は気まずそうに、扉のあいだから顔を出しては引っ込め、顔を出しては引っ込めを繰り返している。なにかの小動物みたいで可愛《かわい》らしい。

俺は苦笑いで晶に話しかけた。

「どうした晶、入れよ？」

「う、うん……」

晶は静かに病室に入ると、入り口のところで立ち止まって俺と距離を置いた。

やはり俺と話すのが気まずいらしく、しきりに左の肘の辺りを右手でさすっている。

「どうした？　そんなところに立ってないで、こっちに来いって」

「うん……」

晶はゆっくりとこっちに来たが、またベッド脇の丸椅子のところで気まずそうな表情を浮かべて立ち尽くしている。

「晶、ちょっと、手を出してくれ」

「え？　──こう？」

その瞬間俺は晶の腕を摑《つか》み、晶をベッドに引っ張り上げた。

「ひゃあ⁉」

そのまま両腕で晶を後ろから抱き抱えるようにして捕まえた。

晶はそれほど抵抗しなかったが、どうしていいのかわからずに真っ赤になっている。

「ほら、捕まえた」

「ちょっ、兄貴⁉　いきなりなに⁉」

「だって、逃げ出すんじゃないかって心配になってな」

「に、逃げ出さないって！　それより、離してよ！」

「やーだ。——ほら、これが普段のお前だ。俺を掴んだらなかなか離してくれないだろ？」

「そ、それは、こういう状況じゃ……」

「こういう状況だから、晶にはいつもみたいにしてほしいんじゃないか」

俺は晶の耳元で優しく話しかけ、それからゆっくりと腕を解いてやった。

「なにか、俺に言いたいことがあるのか？」

そう言うと晶はベッドの縁に腰掛けたまま、顔を真っ赤にして頷《うなず》いた。

「……あのね、僕、兄貴、ごめんなさい……」

「違う！」

「えぇっ⁉」

「そこはせめてありがとうだろっ！」

「あ、うん……あ、ありがとう……」

「それで良し――なんてな？　こちらこそありがとう、助けてくれて」

俺はニカっと笑ってみせ、晶の頭を撫《な》でてやった。晶は最初落ち着いていない様子だったが、次第に慣れてきたのか、そのうち笑顔を見せてくれた。

「兄貴には、全然敵《かな》わないよ……」

「なにが？」

「全部」

「全部って？」

「全部は全部。ほんと、こんな妹でごめんね……」

「俺はべつに、お前のことが嫌って思ったことは一度もないけどな」

「え……？」

「俺が俺でいられるのは、晶のおかげなんだよ。うまく言えないけど、晶は俺の希望で、暗い気持ちになっても、お前がいれば頑張れると言うか――」

言っていてだんだん照れ臭くなったが、俺は続けた。

「――とにかく、不甲斐《ふがい》ない兄貴だと思うけど、晶が来てくれて、俺は今、最高に幸せなんだ。みんなに自慢したいくらい最高だから……。だから、晶、俺に対して申し訳ないとかそういうのは──」

「兄貴ぃ──っ！」

「おわっ⁉ な、なんだ⁉ どうしたいきなり⁉」

「兄貴、兄貴、兄貴ぃ───っ！」

俺はすっかり面食らった。急に晶は俺に抱きついて泣き始めた。

「兄貴のこと大好き！ 大好き！ 愛してる！」

「お、おう、そうか……」

「兄貴がいなくなっちゃうって思ったら、僕、僕……うわぁあああ～～～！」

「だ、大丈夫だって、ほら、こうして一緒にいるだろ？ だ、だからさ、そんな泣くなって……」

どうしていいかわからず、俺はだいぶ持て余した。

俺はまた晶を抱きしめながら、その頭を優しく撫で続けた。

しばらく黙ったままそうしていると、ようやく晶も落ち着いたと見えて、すんすんと鼻を鳴らしながら腕で涙を拭いていた。

ただ俺は、不謹慎にも、泣いている晶も綺麗だと思ってしまった。そして俺ははっとした。

　――星の雨……。そっか、あのときの……。

　倒れてからの記憶はほとんどないが、そう言えばあのときも晶は俺のために涙を流していてくれた気がする。

　俺が星の雨だと思ったもの、温かいと思ったのは、晶の涙だったらしい。

「やっぱ、お前は、俺の希望の光だな」

「なんだよ、いきなり……ぐすん、すん……」

「いや、なんとなく、そう思っただけだ」

　俺のために泣いてくれる人がいる。

　親父や美由貴さん、それに晶。それが、家族というものなのかもしれない。

「ありがとう、晶」

「なにが……すん……」

「全部」

「全部って……？」

「全部は全部。――これからも俺の妹でいてくれるか？」

「……それは、ちょっと、複雑」

「え?」

「ずっと妹はヤダ!」

「やだって、お前なぁ〜……」

やれやれと思っていると、「そうだ」とある考えが浮かんだ。

「宿題があった! ほら、晶が書くっていう小説の主人公の女の子」

「え?」

「あの物語の続き、女の子が幸せになるって結末のやつ」

「ああ、あれ……」

「ハッピーエンドしか勝たん! ってやつだけどさ、どうもハッピーエンドってやつは、やっぱ俺には難しい気がしてな〜」

「そんなぁ〜……」

「だからさ──」

俺は晶の肩に手を置いた。

「──その女の子が幸せになれるように、俺とこれから一緒に考えてくれないか? ハッピーエンドを迎えるまで、ずっと一緒に」

晶は目をまん丸に見開いた。

次にどういう反応がくるか正直心配だったが、俺の期待通り、晶は笑顔になって、一言大きな声で「うん！」と頷いてくれた。

すると病室の扉が開き、親父《おやじ》と美由貴さんが入ってきた。

俺と親父が顔を見合わせてふっと笑い合うと、今度は今にも泣き出しそうな美由貴さんが真っ先に俺のところにやってきて、

「涼太く～ん……！　ありがとう！　晶を助けてくれてっ！　涼太くんも助かってよかったぁ～～～～！」

と、いきなり抱きしめられた。

「あ、ちょっと美由貴さ――ぐふっ⁉」

美由貴さんの胸が顔に押し付けられて、柔らかいのやら良い匂《にお》いなのやらでとにかく息苦しい。

「ちょっと母さん！　今は僕が兄貴と大事な話をしてるのっ！　は～な～れ～て～！」

「美由貴さん、涼太には刺激が強すぎるっ！　ちょっと離れて！」

「涼太くぅ～～ん！　ママって呼んでいいからね～～～！」

「美由貴さん、それだけはちょっととっ！」

「そんなママとか呼ぶ兄貴ヤダ！　……あ、でもでも、ちょっと見てみたい気もするかも！　てか、母さん！　いい加減兄貴から離れて！」

「涼太！　美由貴さんは俺のものだ！　あ、美由貴さん、ちょっと離れて……」

「親父、ちょっと母さんのそっちの腕、引っ張って！」

「ひぃっ⁉　晶、反抗期なのかっ⁉　晶にオヤジって言われたぁ～～～！」

「あの～、とりあえずみんな冷静に。ここ病室なんで、周りの患者さんの迷惑なんで……」

――メーデーメーデー。

なんとか築き上げてきた家族の絆《きずな》が遭難しかかってます。

――いや、今回は逆に、発見したのか……――

とにかく、今回の事件で真嶋家の絆が深まったのは確かだ。

一つ、俺は晶から大きな宿題を課せられた。

答えはとっくに出ている気もするのだが、大事なのは過程のほうなのかもしれない。

書いて、悩んで、消して、また書いては悩んで消して……――

そうやって紆余《うよ》曲折《きょくせつ》ありながらも、けっきょくは一つの答えに向かうのだろう。
だったら、出題者の晶と一緒に、これからじっくりとやっていこうと思う。
ハッピーエンドという答えを目指して。

11 NOVEMBER

11月22日（月）

ハッピーエンドってなんだろう？

私は王子様と結ばれるのがハッピーエンドだと思うけど、
もしかするとそれだけではないのではないかと思ってしまうときがある。

太一さんが助けに来てくれて、私と兄貴は助かった。

母さんにちょっとだけ怒られちゃったけど、本当に反省してたから、許してもらえた。

太一さんは大丈夫って言ってくれたけど、本当は不安だったんだと思う。

兄貴が私のせいでいなくなっちゃたらどうしようって何度も考えたけど、
兄貴が「おはよう」「ただいま」って言って、目覚めたあの瞬間は忘れられない。

兄貴はそのあとも優しくて、私を気遣ってくれて、本当に嬉しかった。

私なんかより、兄貴はずっとずっと強い人だ。

だから私は兄貴に憧れているし、頼っちゃうし、大好きなんだと思う。

今までも、これからも。

こんなに素敵な人、ほかにはいない。

辛いことがあっても、冗談で笑い飛ばして、笑い事じゃないのに、
私のために、みんなの人のために笑ってくれて……。

兄貴のことを心から好きになっている自分。

兄貴を幸せにしたいと思っている自分。

ううん、私は兄貴と一緒に幸せを目指したい。

兄貴、大好きです。

私とこれから、ゆっくりでいいから、ハッピーエンドという答えを目指してください。

兄貴の迎えるハッピーエンドの先に私がいてほしいなと、
ちょとだけわがままを言ってしまうのを許してください。

何度も言います。

私は兄貴のことが、今までも、これからも、ずっとずっと大好きです。

私たち兄妹の物語が、

ううん、僕と兄貴の物語が、

これからもずっとずっと続きますように。

あとがき

こんにちは、白井《しらい》ムクです。じついも三巻のあとがきを書かせていただきます。

最初にお話ししたいのは、晶《あきら》の名前の由来についてです。

名前の由来は白井の中にもともとあったのですが、今回のプロットを組む際、担当編集の竹林様に「二人で星空を見る」というアイディアをいただき、物語に入れてみることにしました。

漢字の「晶」というのは「星々の輝き」という意味を持っています。

夜空を見上げる時間帯、季節、場所——場面によってころころと表情や仕草が変化し、それでも可愛《かわい》く、あるいは美しく、夜闇《やあん》にいる人々を優しく照らすような光を放つ彼女にはぴったりだと思い、白井は彼女を「晶」と名付けました。

もともとYouTube版では「アキラ」とカタカナですが、小説版にする際にこの漢字をあてられたのは幸いでした。著者としての親心といいますか、彼女にはこれからも涼太《りょうた》や多くの読者の皆様を照らす希望の光になってほしいと思っております。

さて、三巻は家族旅行を通して「家族」について掘り下げて書いてみました。舞台は架空の温泉地『藤見之崎温泉郷《ふじみのさきおんせんきょう》』。こちらで起きた真嶋兄妹《まじまきょうだい》を取り巻く「事件」を描きました。

その裏側で、もう一つの物語もついに動き出そうとしています。

上田《うえだ》ひなた、光惺《こうせい》の、もう一つの兄妹のお話です。

今回はかなり核心に触れた部分もあり、続刊が出るようでしたら、上田兄妹がどのように真嶋兄妹と関わっていくのかを楽しみにしていただけたらと存じます。

果たして、涼太にかけられた「メンデルの法則の呪《のろ》い」を解く方法とは？

さらに、御伽話《おとぎばなし》でお姫様は悪いドラゴンに連れ去られる運命にあるように、晶の運命は？

そして、真嶋兄妹、上田兄妹、それぞれの登場人物たちが迎える「ハッピーエンド」とは……？

それらを書きたいと思っておりますので、ぜひこれからもじついもの応援のほど、よろしくお願いいたします。

ここで謝辞を。

前回、前々回に引き続き、今回も多くの方のご支援とご協力を賜り、三巻を発刊するに至りました。

担当編集の竹林様には毎度のことながら頭が上がらない思いです。いつも不出来な白井を支えてくださってありがとうございます。これからもチームじついもの一員として頑張りますので、どうぞよろしくお願いいたします。

そしてファンタジア文庫編集部の皆様をはじめ、出版業界の皆様、販売店の皆様、書店員の皆様、それぞれの関係者の皆様に三巻もご尽力いただけましたこと、厚く御礼申し上げます。

イラスト担当の千種《ちぐさ》みのり先生には今回も大変なご負担をおかけいたしました。浴衣姿《ゆかた》の晶だけでなく、私服の晶や、温泉地、水族館、星空の場面など、今回も様々なシチュエーションを描き分けていただき、その優れた表現力で白井の拙い文章を支えていただけていること、心より感謝しております。千種先生のさらなるご発展とご活躍を心よりお祈り申し上げます。

また、YouTube漫画を担当いただいております寿帆《ひさほ》先生をはじめ、日頃から白井に温かなメッセージをくださる読者の皆様、ファンアートを描いてくださった皆様、宣伝に協力していただいた作家の諸先輩方と作家仲間の皆様にも頭が下がる思いです。本当にありがとうございます。

二巻発売の際も晶の声を担当していただいた内田真礼様、そしてPVをご用意いただいた製作スタッフの皆様にも厚く御礼申し上げます。

結城《ゆうき》カノン様には陰ながらいつも支えていただいております。白井の日々の生活が楽しいものになっているのは貴女《あなた》のお陰です。本当にありがとうございます。

そしてこんな白井のことを支えてくれる家族のみんなにも感謝を。このじついもはみんながいなければきっと書けなかったと思います。楽しい毎日をいつもありがとう。白井はもっとみんなのために頑張ります。

最後になりますが、ここまで読んでくださった読者の皆様に心よりの感謝を申し上げますとともに、本作に携わった全ての方のご多幸を心よりお祈り申し上げます。

皆様がハッピーな毎日を送れますように。

滋賀県甲賀《こうか》市より愛を込めて。

白井ムク

お便りはこちらまで

〒一〇二―八一七七
ファンタジア文庫編集部気付
白井ムク（様）宛
千種みのり（様）宛

富士見ファンタジア文庫

じつは義妹《いもうと》でした。3
~最近《さいきん》できた義理《ぎり》の弟《おとうと》の距離感《きょりかん》がやたら近《ちか》いわけ~

令和4年6月20日　初版発行
令和6年10月25日　7版発行

著者——白井《しらい》ムク

発行者——山下直久
発　行——株式会社KADOKAWA
〒102-8177
東京都千代田区富士見2-13-3
0570-002-301（ナビダイヤル）
印刷所——株式会社KADOKAWA
製本所——株式会社KADOKAWA

※定価はカバーに表示してあります。
●お問い合わせ
https://www.kadokawa.co.jp/（「お問い合わせ」へお進みください）
※内容によっては、お答えできない場合があります。
※サポートは日本国内のみとさせていただきます。
※Japanese text only

ISBN978-4-04-074581-7 C0193 ◆◇◇

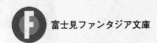

学校……じろじろ見ないで
【朗報】
俺の許嫁になった地味子、
家では可愛いしかない。
秘密の結婚生活《ラブコメ》！

「す、好きです!」「えっ? ススキです!?」。
陰キャ気味な高校生・加島龍斗は、
スクールカースト最上位&憧れの白河月愛に
罰ゲームきっかけで告白することになった。
予想外の「え、だって今わたしフリーだし」という理由で
付き合うことになった二人だが、
龍斗はイケメンサッカー部員に告白される
月愛の後をつけて盗み聞きしてみたり、
月愛は付き合ったばかりの龍斗を
当たり前のように自室に連れ込んでみたり。
付き合う友達も遊びも、何もかも違う2人だが、
日々そのギャップに驚き、受け入れ合い、
そして心を通わせ始める。
読むときっとステキな気分になれるラブストーリー、
大好評でシリーズ展開中!

ありふれた毎日も
全てが愛おしい。

済みなキミと、
ゼロなオレが、
き合いする話。

ファンタジア文庫
何気ない一言も
キミが一緒だと
経験
経験
お付
著／長岡マキ子
イラスト／magako

これは世界を救う

久遠崎彩禍。三〇〇時間に一度、滅亡の危機を迎える世界を救い続けてきた最強の魔女。そして——玖珂無色に身体と力を引き継ぎ、死んでしまった初恋の少女。

無色は彩禍として誰にもバレないよう学園に通うことになるのだが……油断すると男性に戻ってしまうため、女性からのキスが必要不可欠で!?

シン世代ボーイ・ミーツ・ガール!

1

王様のプロポーズ

King Propose

橘公司
Koushi Tachibana

［イラスト］——つなこ

最強の初恋
シリーズ
好評発売中!
ファンタジア文庫